时光里的黄姚

王剑冰 著

作家出版社

# 目录

"黄姚"这个名字，会让人一下子记住。就像一位女子，远远地站在那里，站在你的念想里。你也许没有见过她，但又好像从来就没有忘记她。那或是一种乡间情怀，一种乡愁感念。有人将"黄姚"念成了"姚黄"，念错了也无妨，意思差不多呢。

古旧的黄姚，进来便有一个气派开场，怪石崖壁，拱桥亭廊，八百岁的榕树，以迎客的姿态撩幔牵裳。树下姚江环绕，水汽蒸腾。直惊艳得眼目迷离，不知往哪里聚焦。一个镇子，怎么能如此天地异样！水上的老屋，替镇子保存着岁月。必是格外地喜欢这里，才有了如此宏大的聚集，且聚集得紧凑而有条理。

每日里听不到多少喧嚷，声音都被那些水那些石收纳了。数百年时光的经营，把黄姚经营得

古典而端庄。

黄姚的入口都是很小的门，只要关上这道门，就将所有都关在了里面。你只能从威严的石壁去体味城堡般的气势。

偶尔会来一场雨，雨带着烟雾，像一页页屏风，次第翻过。那些摞在高处的瓦，总是最先得到冷热的信息。承受不了的雨滴，会滴滴传递，最终传递给姚江。

一条条囊括着深宅大院的老街，老街上旗幌飘摇的店铺，一座座器宇轩昂的宗祠，宗祠内外的庆典喜宴，以及一个个通江码头，连着码头的灯笼节提灯会，会上的大戏连唱，让人知道，黄姚不是多少年前就为今天的热闹埋下了伏笔，而是多少年前就像今天这样热闹。

除了悦泰兴、金龙门、金德庄那些老字号，还有春天里、那些年、一米阳光的新招牌。高士其、欧阳予倩以及其他名人的寓所隐在其中，表明着黄姚的温暖与情义，什么时候，这里都是中国安适而幽静的后院。看到墙上的字："在黄姚留下，或者我跟你走。""我有酒，你有故事吗？"热情与真挚，让人知道，这里也从不缺少浪漫。

往往想不到，小门里会藏着几百岁的老宅院。有的依山就势，攀到最上边，是一片翅膀翻扑的瓦。总能见到残垣断壁处砖石的接续，见到朽旧的房门，又有了新的木楔。

那或都是生活的叠加，与生活的自然。

　　黄姚，它不突出个体，显示的是整体的豪华与大气。

　　如果在姚江上看，就会感觉古镇是从水里长上去，一直长到地老天荒。奇峰与凤竹簇拥的江水，像肌肤又像丝绸，不必去触摸，也能想象到触摸上去的感觉。姚江融入桂江、西江，最后进入了大海。

江边有人划船，有人洗衣，有人戏水，一派天然写意。

黎明在风中把黄姚叫醒。一群的鸟，聚在一起飞，像开在空中的花。群山在不远处绾着罗髻，似要赶一个露水墟。

早上看黄姚，觉得黄姚在氤氲中会飘起来，生活的各种日常都在缭绕，包括炊烟，包括亮嗓，包括豆豉的浓香，草药的异香。

进入黄姚，我也会飘起来，气韵爽身，心劲飞扬。

背着书包的孩子，从哪个门里出来，阳光将小小的身影打在石板路上。一只白蝴蝶飞走了，土墙上划出一道翩然痕迹。一个女孩轻轻走过支着板子的老屋，她怕惊了房顶的瓦，每一片薄瓦落下，都会让岁月隐痛。墙根的胡枝子，开着粉色小花。还有败酱花，摇着白色的果粒。让你想到，在黄姚，哪怕一片叶子都起着作用。

夜晚的黄姚，有点儿像寓言。月提着一盏青灯，随我上着层层石阶，而后不动声色地跃上了屋顶，将古镇覆一层锡箔样的辉光。镇子忙碌了一天，在红灯笼的轻摇下，睡得很沉。天的穹庐笼盖了四野，一切都在孕育。有什么掉进了水里。偶有一两声虫鸣。一些故事在悄悄发生。

我相信，只要经历过黄姚以及黄姚的夜晚，他会变得黄姚不突出个体，显示的是整体的豪华与大气，在晚江上看，感觉古镇是从水里长上去，一直长到地老天荒，奇峰与风竹装饰的江水，像肌肤又像丝绸，也能想象铺上去的感觉，黎明在风中黄姚叫谁，静鸟南飞，像开在空中的花，青山在不远处艳若罗绮，似要趁一个铃水塘，

早上看黄姚，觉得黄姚在氤氲中氲起来，各种日常都在缭绕，包括炊烟，包括党火，包括晨雾的淡香，草药的清香，进入黄姚，我也会感起来，气的束身，心劲飞扬背书包的孩子，从那个门里出来，阳光将身影打在石板上，一朵白湖蝶飞走了，上被上划一道甜然，女孩轻轻走过支着板子的老屋，她踮探了屋顶的瓦，每一片老瓦落下，都会让岁月隐墙，墙根的胡梗子，开着橘色小花，还有嘀勒的花，摇曳白色苹果树，北人头到，在黄姚，那摧一片叶子都起着作用，

夜晚的黄姚，有点儿像寓言，月捷一盏青灯，不动声息地上着层层石阶，而户它过回巷，扮吉镇过一层锡潜寒光，巷子拢锁了一天，在红何寂的空墙下，喧得很沉，夜的夺成半番四野，有什么钻进水里，偶有一两只虫鸣，一些缓步在悄悄发生，你也会变得深潮宁静，坐世久了，丢了许多东西，未后发现，那些东西在这里还能找到，于是育人偷偷流泪，长折间没有一句国圆语，育人住下不走，泡一盏清茶，守着自己，我一次次来，伤不能真正领略黄姚的金部，我总以热情邀请更多的朋而，穿起千年，

我想邀李白来望月，这里的月有家的味道，我想邀邓元来看水，这里才应该是《水经注》的夫处，黄姚，她就那么纠秀地若在芳香魂那的田野间，栖在桂林山水的旁边，梦谁，又不似在等谁。

摘自2020年一月二日《人民日报》
王剑冰，中国当代著名作家

# 时光里的黄姚

王剑冰

黄姚这个名字，会让人一下子记住，就像一位女子，远远地站在那里，站在你的念想里。你许没有见过她，但又好像你从来就没有忘记她，一种乡愁会感念有人将黄姚念成了姚黄，念错了也无妨，意思差不多呢。

古旧的黄姚，迎面便有一个气势开场，怪石嶙峋，拱桥夸虚，八百岁的榕树，以迎客的姿态撑开华盖，树下姚江环绕、水气苍茫，一个镇子，怎么能如此天地自然，水上的老屋、鳞鳞子排在看岁月，必是格外地喜欢这里，才有了如此公众的聚集，且来集得苍苍又有条理。

每日里听不到多少喧嚣，声音被那些水那些石收缩了。数百年时光的经荷，冠于姚经营得古典而端庄。

黄姚的入耳是很小的门，关上这道门，就将所有的关在了里面，只能从窗缝的石隙去体味城堡般的气势。

偶尔会来一场雨，雨节省着烟客，像一页页屏风，次递翻过过。踪奔商虑的瓦，总是最先得到泠珠的信息，承受不了的雨商，滴滴传递，最终传递给姚江。一条条插着彩笔大隙的老街，苔街上蹒颤摇的店铺，一座座崇宇弯弱的宗祠肉外的庆典喜宴，以及一个个通江码头，笙着码头的灯笼节提灯会，让人知道，黄姚不是多少年前就为今天的热闹下伏笔，而是多少年都是今天这样热闹。

除了悦泰兴、金龙门、金德正那些老字号，还有春天里那些年，一米阳光的新招欧阳予倩及其他名人寓所隐在其中，表明着黄姚的温馨与情义，什么时候，这里都是中国安适而幽静的后院。看到墙上的字「在黄姚留下」，或者我跟你走「一我有酒，你有故事吗？」执情与真杳，让人知道，这里也丛不缺少浪漫。

往往想不到。小门里会藏着几百岁的老宅院。有的依山就势，茶到最上边，是一片起膀翘扑的瓦，总能见到残墙断续处砖石的接续，见到祈旧的房门，又有了新的木俟。

是生活的经加，与生镇的自然。

深涵而宁静。

　　尘世久了，觉得丢了许多东西。来了发现，那些东西在这里都能找到。于是有人偷偷地流泪，长时间没有一句囫囵话语。有人住下不走，泡一壶清茶，守着自己。

　　我曾经来过，却总是不能真正领略黄姚的全部。我想以对黄姚的热情邀请更多的热情。我想穿越千年，邀李白来望月，这里的月有家的味道；我想邀杜甫来住厦，这里从不会风卷三重茅；我想邀郦道元来看水，这里才应该是《水经注》的末尾。

　　但是黄姚似并不在意，她就那么纯秀地站在芳香馥郁的田野间，站在桂林山水的旁边，等谁，又不似在等谁。

‖ 一 ‖

山成为村子的陪衬、村子的依靠、村子的屏风。水从屋下过，从桥下过，从石板下过，水叮咚，水玲珑，水滋养了一代代的生活。

真的应该感谢那个最早建造黄姚的人，他是姓黄，还是姓姚呢？这个黄姓或姚姓先人，必然是看上了这里的山，瞧中了这里的水。

有话叫山水相依，山水和鸣。村子的生长，始终没有影响山与水的作用。三条水流，通过一座座别致优雅的古桥，一条条拙朴蜿蜒的石道，巧妙地将民居联系在一起。桥边有亭，有庙，有诗文，有牌匾，显现出不俗的文化品味。

有人说姓黄的或是一个男性，姓姚的是一个女

性。二人从中原逃难而来，见到这里的异样山水，便定居下来。他们同山水一样相依和鸣，共生出一个村庄。村庄在一代代扩大，对后来走入村子的人也一概不拒，终成一个大家庭。

对此说法我颇感认同，也颇觉有趣。其代表了人们对美好的向往。

‖二‖

一个地方的命名，或以地名，或以水名，或以人名。"黄姚"到底是怎么叫起来的？如果是"姚黄"，或许还会被人想到富贵的牡丹，牡丹中的极品就有姚黄魏紫。看来不是，它叫"黄姚"。那么，由一位女子的名字而

来倒也可以，却没有任何这方面的记录与传说。

越是心生疑问，越是会记下这名字，并且长时间不能释怀。

由此翻阅了大量的史料，发现典籍中并无翔实而确切的说明和记载，多是民间传说。归纳起来，有如下几种。

一说黄姚古为壮瑶杂居之地。方圆几十里，最初只有两户居民，一户姓黄，一户姓姚。宋开宝五年（公元972

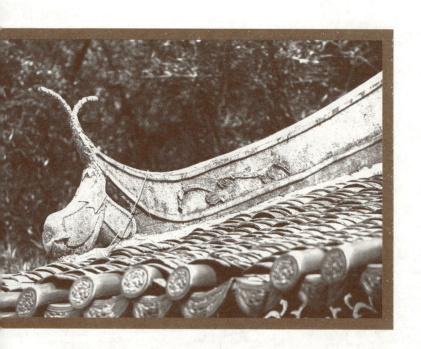

年）杨文广率部到昭平平乱，路经此地，派士兵打探路线，士兵探得只有黄、姚两姓居民，回话时就说成了"黄姚"，于是就将地点标识为黄姚，一直沿用千年。

第二种说法是，黄姚最早的居民是黄姓瑶族，他们植桑养蚕，以种红薯、水稻为生，然后划船到姚江下游去交易。由于物美价廉，人们说起来，都知道是黄姓的瑶族人。为称呼方便，就将黄姓瑶家人说成了"黄瑶"。为避免歧视，

文化记载时，将瑶族的"瑶"改为了"姚"字。

第三种说法是从姚江得来。姚江的名字早就有了，因一条江而起地名是常事。前面加上一个"黄"字，可能起名之人正好看到雨季的姚江，江水奔涌如黄龙，便标识为"黄姚"。

第四种说法是明代初年，黄、姚两姓大批地从外地迁来，建房立村，人们便把这里称为了"黄姚"。

根据有关资料来看，第四种说法依据较弱，因为镇上已无姚姓后裔，即使遇到什么缘由，也不可能全部迁徙或消失。再查看现在黄姓族谱，则都是清代以后迁入进来，并且在五百多户两千八百余人的黄姚，亦非大姓。这样说来，前三种倒有可能。

我曾经听到一个人说，他最初以为是一位女子的名字，那女子或有着什么传奇经历，救了什么人或是怎样，因而就被人记下来，叫成了名字。我也以为好。


‖ 三 ‖


从现在留存的明清时期的老建筑来看，当年这里必是商贾云集的繁华集镇。虽历经千年沧桑，仍掩不住她曾拥

有的繁华。这也正合一种潮流，在繁闹与喧嚣背后，一处淡泊宁静的所在，倒是成了人们追寻的乡愁故土。

黄姚于广东、广西、湖南三省交界处，由于姚江水运码头的繁忙以及陆路的通达，黄姚于乾隆年间已经是车来船往、街道繁华、市井兴隆的重要城镇，大部分建筑群已形成。客栈、商铺、杂货、饭馆、酒庄、茶舍一应俱全，成为八方商贾聚集、百里闻名的集镇。

多少年后，由于交通形式发生了变化，黄姚的中心地位受到影响，逐渐处于边缘的半封闭状态。这样，也就使得众多民居、众多文物得以保存。就像被一块巨大的苫布苫盖，何时猛然掀起，竟然发现了一个巨大的惊喜。

这个惊喜中，有保存完整的宽二米至五米不等的八条石板街，加起来有十公里长。绕行其间，趣味无穷。有着明清古建筑三百多幢，幢幢相连，规模宏阔。在这些街巷与房屋间，巧妙地布局有十一座石拱桥或石板桥、二十多座寺观庙祠和十余处亭台楼阁。一个镇子，竟然也有宝珠观、古戏台、兴宁庙、文明阁、天然桥、聚仙岩、带龙桥、孔明岩等"黄姚八景"，不少列入了文保项目。而各处文物古迹，皆可见有楹联匾额，每一幅都值得驻足品鉴。

整座黄姚古镇，就是一部完整的桂东居民文化史。有人说，里面的建筑全部按照九宫八卦阵式进行分布。无论其砖雕、石雕、木雕、竹雕，还是梁柱、斗拱、檩椽，都有很高的工艺水平，有着可观性，可感性，可研性。

再看石板街面，黑色条石铺排有致，衔接紧密，与屋舍建筑构成一体，可谓顺畅舒适、和谐自然。行走其间，有一种既古雅娴静、神秘幽深，又踏实沉稳、赏心悦目之感。

还有一个喜欢之处，很多的古镇都是鲜有人住，多数房屋空闲在那里，让你感觉不到人气和生气。黄姚却不一样，这里到处都是原住户，不仅有老人，还有年轻人和孩子。那些孩子就在近处上学，每天都会看到他们从一个个老屋走出，背着书包上学的情景。

随便走进一个院落或一处民宅，都会看到生着的灶火，以及还在使用的先人用过的桌椅、橱柜和雕花大床。有的人家还有老旧的灶台，盛水的石槽，甚至保留了鼓风机、风箱、纺车、背篓、蓑衣等生活用品。

他们或许是为了一种纪念，一种回味。

总的说来，是一种对乡愁的深深情感。

　　过了潇贺古道，一路走来，一路是荒川野岭。但还是要走，只有走，才能听到呼唤，找到故乡。

　　这里不像中原，村庄挨得都很近，这里曾是蛮荒之地。离乡背井的人，以一片片的瓦，抱团取暖。黄姚，也就成了汪洋里的一条船。当有人再次从这里出走，怀揣着的，一定是一次次的无奈与顾盼。

　　天还未亮的时刻，母子相送相别的身影，投射在村子的石板上，投射在村外的小桥上。游子的离去，从此成了游离于屋顶的一片瓦，使得母亲的心里，漏风漏雨，长时间潮湿。

　　走过无数的荒川，无数的野岭，终于在一个早上，随着一缕霞光，看到了一片瓦的世界！还有什么比这缕霞光，更让人惊喜?

对于荒川野岭，这片瓦的世界小了点儿，但在游子的心里，却是宏阔无限。他知道，哪一片瓦下有母亲的泪眼，哪片瓦下，藏着童年的梦幻。

故乡的瓦呀，什么时候都是游子牵系的一只风筝，飘得再远，也不会失散。


‖ 二 ‖


有些房屋的一角，会看到摞在一起的瓦，摞了好大一堆。从生出的绿苔可以知道，它们已经摞在这里好久。它们是瓦的预备队，随时准备发挥作用。摞在这里，也便是摞在主人的安适里。

我在很多的院子，都发现了这种多余的瓦，让人感觉，屋顶上的瓦，与屋角上的瓦，在某种意义上，是不同的。

我看着这些瓦，黄姚的这些瓦太多，大片大片的瓦，在我离开时，不会发生改变。

我问一家主人，这些瓦堆在这里多久了，主人也不知道，说自打他爷爷在时就有，有时会用几片，但多数没有动过。

爷爷没有活过这些瓦。

也许是一种默契，没有谁毁坏这瓦，直到一代代孩子长大。似乎这是传家宝物，或带有着记忆的族谱。

在郭家大院，紧贴屋门堆着几摞瓦，好似已经堆放了好久，一直没有被人动用过。屋门的左边，是一些方桌与条凳，为了不占地方，上上下下地摞起来，门的右手，就是这些瓦了。

它们不是被放在哪个角落，而是堆在了门口，是为了出来进去时常看到吗？那像一摞摞书的瓦，必定给郭家老小带来了某种愉快。


‖ 三 ‖


我总是有点担心瓦会掉下来，在有些房子上，它们的处境不容乐观。瓦的下面看不到厚实的橼檩，及厚实的铺垫，瓦就那般随意地摆放在极薄的屋顶上，实际上瓦的身下什么也没有，从屋子的里面看，它就那么担在了两个木条之间。

有些木条已经弯曲，瓦也就随着弯曲，这使得有些瓦会脱离原来的地方，那样，屋子的主人又将在空缺处摆上一片瓦。是的，只是摆上。

岁月的流逝中，不断地滑脱，不断地填补，也就使得房顶失去了原有的秩序与井然。整个的弯度也更为加重了。

由于房屋的高低错落，瓦也出现了高低错落，不是低处的瓦危险系数高，高处的瓦危险系数就低。低处的瓦确实有一种挤压感，但是看上去，并没有明显的感觉，它们的表情基本上是一样的。

看到支撑那些瓦的墙壁，有些砖已经斑驳，在下面的基石以上，生出了白色的苔藓。不知道主人为什么没有全部采用石砌，而用了部分土砖。或许砖同瓦的性情相合，可以改变一下房屋的格调。瓦与砖共同守护了一个家庭的所有，包括这个家庭的秘密。

往后，想不到是砖先撑不住，还是瓦先掉落。


‖四‖


我仔细地观察过黄姚的瓦，它们同中原的瓦有些不同，它们不大，也不厚，轻轻瘦瘦的身段，让人担心它们的承担。最初烧造它们的师傅，是怎样的肚量，能让它们撑起繁重的日子。

让人想到，或许是南方没有北方的气候那般多变，要防暴风暴雨、冷雪冰霜。这里离雪很远，也就离寒冷很远。
这里的瓦也就不需要做得那般厚实周正，意思差不多就可
以了。

以至看着这些秀气小巧的瓦，觉得更像一件饰物，配
合着黄姚的整体气质。


‖ 五 ‖


听到这样一个故事，一对投缘的男女，相爱了很长时间。

女方嫁不过来的原因，是男方家里一直没有盖起新房。
女方不嫌弃男方家里的实力，但是女方家人嫌弃。于是就
这么拖着。

男方使足了力气，一点点买来砖石，将房屋建起了四
围。却因为一房瓦，停工待避。

女方最终说服了家人，带着那些瓦嫁过来。瓦成了女
方的嫁妆，婚轿后面，是一车车的瓦，崭新的灰蓝蓝的瓦，
让人们赞颂不已。

女方不等房屋盖起，带着自己和一房的瓦，到男方家
里搭伙。该举行仪式举行仪式，该拜堂拜堂，进洞房就先
进到低矮的偏房里。好日子不是人家说什么，好日子是夫

妻双双共担风雨。日后宽敞的瓦房盖起，小两口又添了一对公子。

日后人们记起来的，还是那一房的嫁妆，和女子舒舒坦坦的日子。

‖六‖

一群鸽子，在瓦的上空旋飞。它们就像是一朵花，每一叶花瓣都保持在自己原有的位置，无论怎么旋转，都不会分散。

它们一会儿飞到这边，一会儿飞到那边，简直是撒网一般，打开，收回，再打开，再收回。自在极了。

九点的阳光照过来，成片的瓦与成片的鸽子被瞬间照亮，灰白对立而分明。

鸽群撒出去，是一片闪烁的银色页片，回转过来，又显现出羽翅下的暗影。它们就这样不厌其烦地重复着。

没有这一片瓦，突出不了这群鸽子，没有这群鸽子，突出不了这一片瓦。瓦是鸽子的家园，鸽子是瓦上的绽放。

我后来在高处看到了鸽子的栖息处，那是瓦房下边的一个平台，鸽子早上就从那里像霰弹发射出来，带着悠悠

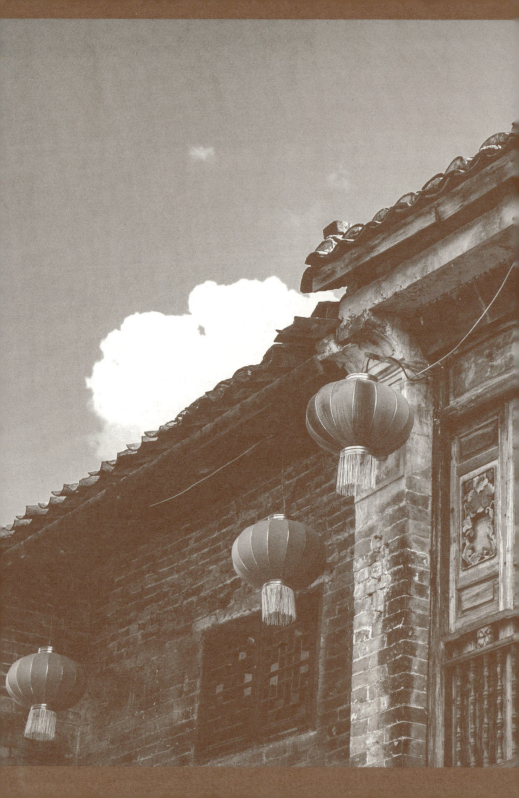

的声音。看不到鸽子的主人，他似乎悠然于鸽子的出发与回归。


∥ 七 ∥


在佐龙祠的门楼上，瓦变成了另一种装饰。它们不是叠压着，而是一整块瓦又一整块瓦地排列组合。这些瓦直接担在了橡木间。橡木经过了加工，变成了方条形，这样就产生了一种效果，每一溜瓦的两边是橡木，橡木的细线条与瓦的粗线条对应又对立，构成了设计美。

由于岁月的打磨，橡木与瓦都改变了自己原有的色泽。橡木变得发暗，呈现一种乌色，而瓦的灰色消逝了，泛着土白。从高向低排下的瓦，那般有质感，就像一道道龙骨化石。

后来走回去的时候，在古镇入口不远的风雨亭，也发现了这样的瓦与橡木的结合。那是前后左右四面都有的结合，也是橡木变黑而瓦泛出白色的反差。在四个方向，抬头时，就如看到了翩然的大鸟羽翅下边的秘密。

这是黄姚呈现给我们的特色，这些特色，也许黄姚并未在意。

　　光线从街巷的上边打下来，打不到瓦和橡木上，却愈加显出了那种沧桑的画面感。

　　在这里，瓦是起了另一种作用的，它们为先辈的铺设者，帮了一个好忙。

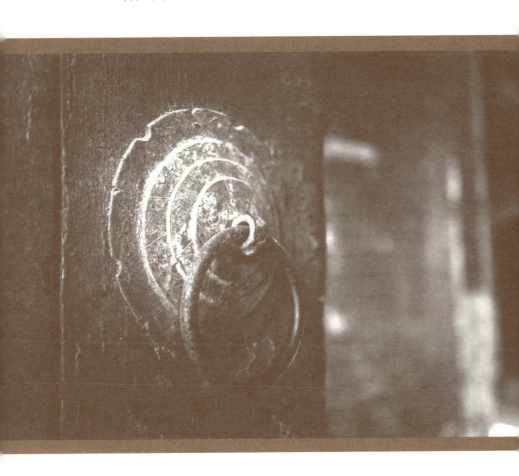

## ‖ 八 ‖

古戏台矗立在村口，这是一片开阔地，人们在这里看戏，可以很好地看到戏台上的一切。当然，也能看到戏台上边的瓦。那些瓦为戏台遮挡了风雨，也聚拢了戏台的声音。那些声音翻上去，又会顺着瓦滑下来，重新还给戏台。

这样说来，从明嘉靖年间就有的古戏台，不定沾了多少声音，那些声音里有锣鼓的欢畅，有旦角的柔嗓，也有花脸的粗腔。

当然，也沾满了有情的喜笑与无情的悲伤。

戏台是人生的缩影，戏台上的瓦，也是人生的见证。

看着的时候，一些声音，从一溜溜的瓦上，滑落下来。

## ‖ 九 ‖

晚上在戏台一角，听几个老者闲聊，其中就聊到了瓦，瓦带出的一个故事，就像是舞台上的戏曲。

一个人半路上遭了蛇咬，被黄姚的一户人家救下，并且背到家里去养伤。蛇咬在小腿上，主人用嘴吸出蛇毒，又熬药敷治，使得昏迷的那人起死回生。调养几日后，那人能走了，便拜谢主人离去。

此后主人依然撑船下河，耕田作息。人们都说主人太实诚，人家给钱都不要。主人一笑了之，一个人的秉性，本就不是要图什么。

过了月余，一个月黑风高之夜，村里的狗叫了半宿，终于让鸡鸣压了下去。

主人打开屋门的时候，看到了一堆瓦。

那些新瓦，摞了一层又一层，整整齐齐地摆放在门口。

消息传开，众人都来看稀罕。有人看到一片瓦上有字：萍水相逢，舍命相救，金钱不受，添瓦致意。

原来别人家都已建起瓦房，主人却一直住在草屋里，那人问过主人，主人说不急。

主人等不来那人，又长期寻找不遇，在村人的劝说下，只好将一房茅草，换成了新瓦。自此添了一个瓦缘佳话。


‖ 十 ‖


一片瓦，是指的小概念，也是指的大概念。小概念就是一叶瓦片。大概念，可就是一个瓦的世界了。

我曾看到一片瓦垂在细绳上，瓦上写着字，瓦的周围

是缤纷的植物，那片瓦显得格外醒目。主人借助瓦，做了自己的广告。他选择瓦，大概是选择了瓦的质感。这种质感在黄姚具有共通性，也具有亲和力。

我还看到过有人将一片片的瓦像磬一样串成一排，那些瓦的色差不同，可能是年代的关系，有的深，有的浅，但都很干净地垂挂着，真的是要它们成为一种组合乐器，还是吸引你去看去想呢？总之，瓦在这里成为利用率极高的器物。

一个小店门前，一块块的瓦，变作了一块块的田地，田地里生出各种事物，玉米、稻穗、桃花，它们装点了小店的氛围。

这是瓦的作用，瓦同田地的性质一样，都能体现出乡愁意味。


‖ 十一 ‖


看到古氏祠堂上边的防火墙，我明白瓦是可以起装饰作用的。在这里，它基本上没有了瓦的遮雨功能。

防火墙做得有些夸张的高，而且两边都有，却又远离其他房屋，这样的防火墙，也就是一个样子，表明着气派与威势。

随着弧形与坡形的写意，让建筑突出了一种线条美。

防火墙先以小砖垒就，而后以白灰打边，最上边的弧度部分，以深灰的扣瓦排列出双条硬线。远远看去，突出而鲜明，就像是一件艺术品，加上了一个雅致的框子。

‖ 十二 ‖

假如瓦后边的树是黄的，瓦就出现了另外的一种效果。尤其是一群的树，一群的黄。

阳光打来的时候，那些瓦会泛出一层铜色。阳光必然是先打在树上，然后再透过树打在瓦上。

瓦义无反顾地呈现了这个早晨最美丽的景象。

铜色的瓦，如一片金鳞，散发着声响。那声响你听不到，只有风能听到。风一点点地把声响又收走了。

这个时候，哪怕飞来一只白色鸟，也会同树同瓦的颜色融为一体，变成一只太阳鸟。连它的鸣叫，也变成了金黄的音响。

我远远地看着那些树，那些树高出了瓦，瓦心甘情愿地享受这种超越。

这种超越会引来阳光，引来风，也引来鸟。更重要的，
是引来惊羡的目光。


## ‖十三‖


在古井的边上，遇到一位姓孟的老者，老者很健谈，
三皇五帝都知道，问他以前村子里的传说，他说多，很多，
他爷爷在的时候，就爱给他讲。于是他讲了一个外村人与
黄姚人打架的事。

外村人的牛丢了，以为是黄姚这家人牵走卖了，黄姚
的人受了冤枉，便打了起来。

先是在外村人的地里打，后来又到黄姚的地里打，打
得两败俱伤，新种的稻田翻江倒海，狼藉一片。

就此两家结仇，外村的扬言早晚要报此仇，黄姚的气
得躺在床上唉声叹气，要打这场官司。

过后不久，官府逮住了一个牛马贩子，严刑之下，贩
子一一招供。衙役将盗取的牛马找回，张贴告示，要人认领。
外村人的那牛头脸是黑白花，特征明显，他一见便知是错
怪了黄姚的人，心内懊悔不已，吃不好睡不着。黄姚这边
倒是宽松了一口气。

一日，黄姚人家响起敲门声，问姓名说是那外村人让来的，黄姚人听了气不打一处来，开门正要发作，见来人带来六车瓦，瓦上捆着红布。

来人说受人之托，聊表歉意。问他人为何不来，说无脸面对。

乡里人围过来，全然知晓了事情原委。也就有人劝，说这是借瓦说话，以使一切前嫌"冰消瓦解"。黄姚人也就接受了善意，回赠了礼品。

此后两家还有了来往。有人说后代成了儿女亲家。不知真假。


## ‖ 十四 ‖

看到了一种筒瓦，两块筒瓦即可成为圆圆的一个筒子，放在屋檐或墙根特殊的位置，会圆满地完成对雨水的输送。它们实际上是建立了一个秘密通道。

更多的时候，它们会分开来，只用一半，即可以解决问题。

小巧的筒瓦，本身就是一件艺术品，它的模子，必愈加精秀。

让人想到，一切都是来源于生活，生活需要有一个特别的通道，而这个通道砖石不可取代，就会做成这样的物件，再来修饰生活。

这种筒瓦，很容易让人想到南方蒸米的竹筒，米放在竹筒子里，蒸熟了再打开来，热腾腾的米就有了竹子的清香。那么，把筒瓦也用绳子扎起来，放进白米上锅，也应该蒸出暄暄的白米饭吧？那可能是另一种香味，瓦的香味。

我很期待这种香味，我觉得那也是乡村的香味。过去人们会把瓦片放在炉子上烧，瓦片上是鸡胗或是蚂蚱。瓦的受热力很强，瓦上的食物熟了，瓦还没有发生明显的变化。

我看着这个筒瓦，它还能发挥什么作用呢？

‖ 十五 ‖

这个清晨，我偶然看到了一个背瓦的人，他是从外面走进镇子的，顺着光滑的石板路，一直往镇子的深处走。

他的背上是一只竹篓，那些瓦，一块块并排躺在篓子里。它们井然而安静，像是随着这人去赶圩。背瓦者弯曲着身子，走得十分沉稳，每一步都带着用心。

他把那些瓦当成了孩子，孩子们还在睡着，生怕惊动

他们。

　　这是要去哪里？我忍不住赶上两步问他。他回答是什么地方，我没有听清楚。但我明白了，这是一次修缮的前期行为。

　　他说现在的一次修复，比盖一座新房还要费事，而且花费也高。但是我知道，在黄姚，只能一次次重复这种行为，别无选择。

　　背瓦者远去了，在前面拐进了一条巷子。

　　那些瓦还在他身后的篓子里沉睡。那都是些以前的老瓦，不知道来自哪里，但是黄姚一定认得它们，它们有着相通的气息。


　　‖十六‖


　　这一溜的瓦，到了屋子边檐，都是由两片瓦合起来支撑，而反扣在两瓦之间的瓦，也是大方地用了两片。不知道为什么会这样。

　　当然，这样突出了厚重感，这种厚重感一定有一个讲究，否则不会多此一举。

　　更为特别的是，瓦檐处生出了一蓬蓬的粉色小花，近前还是看不清楚是什么花。手机拍下来放大了看，竟是薄如蝉翼的三角梅。它们在瓦上跳荡着。是风，让瓦与花如此和谐而愉快。一般的花上不到瓦上，或者说，瓦一般是不让这种花上来。

恰好这里是一高一低两座屋子的错落处，粉色的花便有了一个机会，瓦与阳光雨露，共同收留了它。

当然，这与双片的瓦没有关系。直到离开，我依然没有弄清这种叠压的意义。

‖ 十七 ‖

在黄姚，无须上到多高，就能看到黄姚的壮观，那是一片瓦的景象。那些起起伏伏的瓦，好像是挨在一起的，那就是一片瓦的浪，一忽翻上，一忽跃下，铺排无限远。

这么大的一片瓦，该是多少窑的烧制？也就想到，黄姚附近一定会有专门的砖瓦窑，以供古镇之需。

我专意地打听过，摇头的多，点头的少，点头的也说不大清，或是我听得不准。

依照黄姚古镇的密集程度，以及多山多水的环境，砖瓦窑不会就在近旁。但一定会有这么一处地方，使得黄姚

的砖瓦得到源源不断的供应。

我终于问到了一个人,负责黄姚文旅的刘贤约。他十分肯定地告诉我,在古镇周围的砖瓦窑,起码有十多个,光中洞村,就有三个,距离黄姚八公里。差不多属于近的。这就是了,八公里,不近也不远,按照以前的运输工具,还是便利的。

那么知道烧窑师傅吗?刘厚榄、刘厚树、刘厚兵、刘纯先。这几位,是一家人,还是一族人?急忙问他们的年龄。除了刘厚榄六十多,刘厚树、刘厚兵都是七十多,刘纯先已经八十多了。这些师傅,应该是在上世纪六七十年代奔走于窑上的,而黄姚的砖瓦,多数应该不属于他们烧制。从他们手中出来的瓦,也许只是起点儿弥补作用。

停了一会儿,贤约又发来了信息,告诉我更老的窑工,刘祥瑞、刘纯琳等。他们早就去世多年。

我知道,我已经无从查找到与黄姚关系密切的烧窑师傅,人活不过瓦,人只是把自己的精细与信念托付于瓦,瓦成了后世读不尽的大书。

如果有机会,我想去那些窑上看看,百年间瓦窑的变化,毕竟不会太大。尽管如贤约所说,已经老得不成样子。

‖ 十八 ‖

这是一座颓毁的老宅,老宅的屋后,会看到一小撮瓦砾。我知道,那是一片瓦。

在某一个夜晚,它悄然滑落,悄然碎裂。几乎碎裂成一抔土,或很快就成为一抔土。随着瓦的功能的丧失,瓦的名字也便丧失了。

我不知道瓦挺立了多长时间,这些都属于明清时期的老宅,瓦能挺立多久即会挺立多久,瓦不会偷懒。只要条件允许,它会尽可能地托起一袭岁月,一片风云,它甚至会托起鸟带来的一粒种子,让它长大,开花。

院子里空无一人,而且能够看出,已经空了很久。门窗都已老朽,一些蜘蛛找到了这里。

窗下却堆积着一堆瓦,堆得很整齐,没有丝毫的零乱。似乎还在等着主人回来,主人曾经将它们安妥在这里,必然是有着什么想法。

我不知道主人去了哪里,瓦更不可能知道。

一只喜鹊飞下来,叽叽喳喳地在瓦上跳着,引来另一只喜鹊,也飞下来在空旷的院子里跳。

瓦不动声色,也许喜鹊曾是院子的旧主,但是喜鹊不是为瓦而叫,喜鹊很快就飞进了屋子,又从塌了的屋顶飞

高士其寓
Former Residence of Gao Shiqi

出去。

　　瓦泛着瓦蓝的光，它们或许在等待着一个时刻。

　　在黄姚，老屋永远没有毁弃的命运。

## ‖ 附记：关于《瓦的地方志》‖

我对于瓦是敏感的，因为我儿时生活的地方是缺少瓦的，后来到了中原到了周庄，却发现了大片的瓦，它们就像一片片翻扑的翅膀，覆盖了整个村庄。我为此写出过《乡间的瓦》《岁月中飞翔的瓦》。我以为我对于瓦的话，已经说尽。

没想到偶尔去了广西贺州的黄姚，又遇到了瓦，起起伏伏的大片的瓦。那些瓦同中原的瓦相同也不相同，它们比中原的瓦来得要晚一些，或就是人们从中原带来的。同时带来的还有他们的生活，以及与生活同在的希望。

这里已经是岭南地界，中原人一次次的迁徙中，在这里停下了脚步。初开始一定是迟疑的，试探的，但最终是坚定的，知足的，于是凭着以往的技艺，聚土烧窑。终于慢慢将这里变成一片瓦的世界。

我住下观察起这些瓦来，渐渐地有了新的感觉，我一点点地记录，将见到的、听到的付诸文字。我尽可能地选取节奏缓慢的语调，以同这里的气氛相适应，选取的字词，也要同瓦的气质相一致。

我后来又来了两次，每次都要记录我的新感觉，新认识。我尊重瓦，不敢随意地触碰它，只是默默地近距离或

远距离地观望它。

我走过一座座老屋，总是能看到一些瓦堆在那里，肯定是堆了很长时间，我知道，堆在那里主人才会感到踏实，这就像仓里的粮食，只要一直有余剩，就不怕雨雪风霜。

我有时担心瓦会掉下来，在有些房子上，它们的处境不容乐观。但我无能为力。

我有时会长久地坐在一个地方，看着光线在瓦上以及瓦下移动，以及移动中的瓦的变化。我会因为见到瓦上的一棵植物而欣喜，我会去问别人，那是一棵什么植物，我觉得那植物应该同土发生联系，而它却长在了瓦上，不只是风的作用或是鸟的功劳。既然造成了这种无奈，也就有了瓦的担待。那是一种生命对另一种生命的担待。

我会跟着一个背瓦的人走很远，我很少见到用篓子背瓦，篓子背孩子、背菜、背食物，今天却是背瓦。瓦着实应该上升到生活层面，只是它已经离生活越来越远了。

我把瓦当作了一个诉说的对象。在很早的早晨或者傍晚，我都会走进镇子，去看瓦。甚至在有着星辰的夜晚，我也会上到一个高处，静静地守护着这一片瓦。

没有人知道我的痴迷，瓦或会知道。

在数百年的时光里，瓦是如何走过来的？瓦与瓦下的生活都经历了怎样的故事？我总想知道，可又很难知道。

我试图获取这些秘密，我尝试了，虽然获取得不多，但已经很满足。我把这些满足放进了我的文字。

　　写好之后，我一直在想一个题目，却是长时间想不起来。这使得我手足无措，也无法将文字投出。确实是很长时间，最后也不知道什么时候想到了现在这个名字，当在电脑上敲出这些字的时候，我确信，它是属于它们的。它也属于黄姚，属于我那么多次、那么多天对它的痴迷与投入。

　　我把它给了《北京文学》，觉得它们的气息是相通的。很快，我就得到了回复："《瓦的地方志》，描写瓦在黄姚的视角景象并由此追溯瓦在黄姚的前世今生，视角独特，叙述沉静从容，颇有文化和艺术质感。"我感谢这回复，感谢《北京文学》如此认真的态度，这也是对于瓦的态度。

　　再有机会去黄姚，我不知道，对于瓦还会不会有之前的感觉。

‖ 一 ‖

　　在我小住的几天里，时不时地写下一点记忆，
写作空闲，也会站在阳台前朝外打望。这样，就发
现了一个好奇的景象。

　　阳台对面的晒台，总是会出现一个女孩子。她
似乎并不急着出门，而是每天都在洗衣服，晾衣服。
傍晚时分，再将那几件被风吹干的衣服收回。

　　晾的时候很花时间，一点点在竿子上抻展，扯
平，用夹子夹好。收的时候也很费功夫，一个个将
夹子收起，一点点对折，一点点抚平。

　　那个民宿的大晒台，好像就是为她一人所设，
再未见过其他人上来。她是一个纯粹的住客吗？不
需要去看看喧闹的街市，也不需要购买点儿什么土

特产，就为了重复和享受一个人的寂寞？

又是一个早晨，阳台上竟然没有再晾晒彩色的衣衫，也没有出现那个女孩子。我以为她退房走掉了。竟然在古氏宗祠，发现了她的身影。

她好像刚刚上了香。这使我感到奇怪，便跟她招呼了一声。她可能以为是这古镇或宗祠的管理人员，便友好地应答并与我交谈起来。

我告诉她这几天阳台上看到的情景，她才知道我原来住在她的对面。她好奇我的工作，我只能如实相告。她听了就笑了，笑得有点苦，说她的经历就是一个很好的故事，而且她很愿意找人聊聊。


‖二‖


她与他就是在黄姚认识的。

那是她看到网上一个去桂林游玩的邀约，她从来就没有去过南方，平时也没有这个机会，想都没想就报名了。团里人员复杂，老的居多，成双成对的居多。游了桂林，这个团就散了，有人打道回府，有人说回去太亏，应该就近转转。有人要去南宁，有人要去荔浦，还有人要去广州。

她上网查了一下，去了黄姚，并提前租下一间民宿。

她到得有些晚，但还是出去了，去看一个特别的江南。说起来这里已经不大像江南了，它带有一种超越江南的醇厚与旷达。

没想到里面那么深，有着那么多的拐弯，也就没敢转太久，怕迷了路。

回到屋子开了门洗洗就睡了。第二天早上起来，开了门看到外边有一个晒台，晒台上铺了一层的晨光。她欢喜极了，走到那里去看，竟然看到了半条街巷。巷子里已经热闹起来，还有早点的声声叫卖，那是煎饼果子和豆腐干之类。

香味飘上来，纠缠在她的想往里。

这个时候她看到了他，他从另一个门里出来，冲着她笑笑，她也回了笑。因为那笑很朴实，她感觉就是这样，朴实的笑没有抗拒力。

他问她，新到的？她点了头。而他已经在这里住了一天。这个时候她看见他举着一把拴着牌牌的钥匙，她不明白。他说你把钥匙插在门上就睡了。

真的吗？她都忘了。她有些吃惊自己的行为。他说出门在外一定要小心，这里你来我往，闹不清都是哪里的，干啥的。他说看到是一个女孩住进来，后来发现钥匙留在

了门上，而屋子里的灯灭了，他曾轻轻地敲门，里面的人却好像睡着了，他只好拔下来，待第二天一早交还。

她听了，真的是有一点点后怕，接过钥匙，那钥匙上带有了一点点温暖。

他们就这样认识了。

而后两个人结伴在一条条巷子里转。早点是她执意要请的，她说仅仅是为了一个感谢。他接受了，但中午是他掏的钱。他们走进了一家米线馆，要了油茶、糍粑，还要了螺蛳、河虾。

她发现男孩并不是侃侃而谈的那种，多数时间他都不说话，却总是陪着她，无论她吃多久，去哪里，看什么。人家说检验好男人的标准就是看他有没有耐心陪女人逛街，忍受女人的磨叽。她偷偷地笑了，心里说这是一个老实人。

男孩姓古，曾经与她一同来到古氏祠堂上香，说他不经意间发现了这个祠堂，看里面的介绍，他应该与这里的古氏同宗。


‖ 三 ‖


她说她的一个姐妹总是给她上课，希望她务实一点，那个姐妹不断地谈朋友，换朋友，而且还交叉着玩朋友，始终是享受在一件件名牌衣裙上，一个个高级箱包上。她的朋友圈里，全都是坐什么车，吃什么饭，住什么店。

最后的结果呢？是公安找上门来，因为那些男人争风吃醋出了人命。再后来有人抢走了她的一应物品。

那个姐妹后来不知所终，微信也删除了。

女孩说从一开始我就不看好她，她太急狂，太实际，太不顾一切。她总是欺骗她的父母，说自己过得多么多么好。直到后来公安也来找女孩了解情况，女孩才知道其实对她一无所知。她给人的感觉还有三个"太"：太成熟，太神秘，太精明。

她说她每回都是自己买机票坐两个多小时的飞机，再坐两个多小时的长途大巴去那个小城看他。下了飞机天就快黑了，每次都是紧赶慢赶，直到大巴到站，看到他在车下等着，一颗心才猛然跳动起来。

而之前的跳动都是因为紧张，怕赶不上航班，下了飞机又怕赶不上长途大巴。站到他的跟前才知道梦已成真。心狂野地跳荡，看着他不知所措。其实这个时候真的希望他抱紧自己。可傻小子只是站在那里，拉过箱子就不知道干什么，就只是看着她，说一句你好像又瘦了。

这个时候她会伸出双手摸摸他的脸，然后搓一搓，感觉是不是真实的他，而他就那么傻傻地站在那里让她摸让她搓，最后又让她抱。她也不知道怎么就把他抱住了。

他的粗壮的腰身她是抱不住的，她只是搂了搂。她的潜意识里，或许是希望他来这样做的，可这个傻小子，只是由她一个人操作着这一切。

　　小城太小，他是怕谁看到吗？他越是这样，她越是放肆，就差往他的脸上亲一口了。这个时候她听到他说，走吧咱，走吧。

　　他着的什么急！她就是不动，就站在出站口右边的小树下。小树种在马路边的站台上，车子不停地过来过去，公交车都来了不知道多少趟，来了又走了。

　　他没有开车来，她知道他没有车，他只是个小职员，他骑来的电动车，就停在他的旁边。那辆灰色的电动车每次都是这样，主人不动，它就不动，乖乖地履行自己的职责。

　　后来还是上了他的车走了，箱子被他放在脚前的空当里，勉强地塞了进去，而后他一脚跨上，让她坐在后面，而后就骑着跑了。橘黄色的灯光把他们的身影一忽拉长一忽缩短。她紧紧地搂着他的腰，头贴在他的后背上，觉得幸福极了。

　　手机铃响，妈妈问她在干什么，她说在房间看书，妈妈交代了几句，放心地挂了。她不知道什么时候学会了撒谎，而且撒得像模像样，让他都冲着她笑，笑里的意思必然是，看看你呦，如此的不诚实。

　　她这个时候才脸红起来，伸手打他一下。

　　他跟她认识的时候对她说，我什么都没有，只有一间小小的一居室。初开始她还以为他在骗她，后来知道一切都是真的，他不会骗人。就是小小的一居室，一辆破旧的电动车，其他的什么也没有了。像样的几件衣服，还是她为他买的。他觉得太破费，太不应该。可这不都是她心甘情愿的吗？

　　她把这些告诉一个旅途中认识的姐妹，那个姐妹吃惊地睁大了眼睛，说现在还有这样的女孩子吗？那个姐妹不可思议的神情，让她同样不可思议。难道一个人对另一个人好，不应该是真心实意的吗？

　　她那个时候只是喜欢着他，还没有想过要和他在一起生活，而且就生活在这个小城，生活在这一间小屋里。喜欢一个人的动机有时候是不跟其他挂钩的，起码她是这样。而社会上一再强调的那些条条框框，在她这里竟然一点都没有见到效果。

　　或许她开始当作了有意思的一场游戏，什么时候玩完了，也就到头了。当然不是得过且过的那种，而有点像小孩子过家家，她还没有长大，她似乎一直长不大。妈妈就说她是一个长不大的孩子，妈妈说什么时候你长大了，妈妈就真的老了。她当然不愿意让妈妈老，所以她就天天这个样子。

有人说这是世界观的问题，她的世界观无论如何也不能跟上时代。她说，其实每个人的世界观都是不一样的，只是我们不知道罢了，绝对没有统一的意识与行为。不要把自己的观念强加于他人吧。基于此，她也就走过来了，走过来这么多年。走过来还遇到了这么好的一个男孩，不就是什么都没有吗？如果有了什么，或许就不是他了呢。她这么认为，也就淡然和坦然了。

由此还是她去找他，把攒下的钱捐给飞机和汽车，而她换回了愉快和满足。

日子就这么过下去。也许是她的需求格外简单，也就几乎没有什么不快的事情。到了他那里，大部分的时间就是钻在他那个小屋子里，不停地说笑，说的都是她没有听过的，还有她所不知道的，尤其是南方北方不一样的童年。

后来她就让他带着去看他童话里的地方，他们偷偷地买了车票，去到他的靠近大山的村子。那个村子几乎没有了什么人，好多的房屋都颓毁了。他带着她找到了铁门紧锁的院落，他们没有进去，钥匙不在他手里。

他的父母早就带着他离开了这里。原因是他的妈妈曾经被人欺负，父亲讨说法反而受到了侮辱。他也没有弄懂当时的事情，父母从来都不让他知道真相，并且从不带他回去。而他常常会想起童年大山跟前的艰难与乐趣。

她也就知道这个孩子内心也有着很多的隐忍，每个生命都不是那么简单。她也就不再深问其他的问题，只是跟着他在这个小山村的四周，去共同体会时光的秘密。偶尔看到村里的老人，他们已经互不相认了。

走的时候，她反倒是有些可怜起他来，觉得他是一个受过伤害的孩子。即使他的父母不想让他受到伤害。

他凭着自己的努力考到了这个单位，虽然远离了父母，却是了却了父母的一桩心事，否则走的必然是同父母一样的路。

父母曾经来看过他一回，并且用家里的积蓄，给他购置了一居室的公寓房，这让父母感到欣慰。

他说，父母还不知道他有了女朋友，如果知道，他们不定会有多高兴。她就说，那你就告诉他们。他说，我一直没有勇气。为什么呢？因为现在的女孩子都是很现实的，谁会接受我这样的呢？她说，我不就接受你了吗？他就把她抱住，说，我知道我知道，但这只是现在。她说，难道还有另一个将来吗？他就笑。她觉得他比她想得多。

他不告诉父母，她也就不告诉妈妈。多一事不如少一事，何必让妈妈分心呢？妈妈还总是以为自己的傻女儿什么都不懂，还不到食人间烟火的时候。

她有时在飞机上想起来，就偷偷地笑了。在这中间，她还为他打过一回胎。两个人简直吓坏了，到他所在小城的医院，经受了人生第一次痛苦和难堪。

她跟他说要把孩子生下来，但是他说一切都不是时候。现在想起来就悔恨，当初要是自己坚持，就不会落下终生的遗憾。那个时候他担心没有指标，怕被单位除名。可是自己完全可以一个人承受，不去叨扰他的小城。而且后来她知道，还要什么指标，这个傻孩子什么都不懂。


‖ 五 ‖


她后来就开始落泪了，男孩在一次施工中发生了事故。等她接不到他的信息、打不通他的电话的时候，她赶去了他的小城，问到了他的单位，自此才知道一切。

人家问她他是她什么人，她大方地说是男朋友，让人家看了她好半天。

那个时候一切都结束了，他的父母带走了他的一切。那个房子，房子也卖掉了吗？

办公室里的另一个人说，那间房子他父母也要卖掉，

走时委托我挂在网上看看。

她要了钥匙，说要去看看。那个人看她泪眼汪汪的，就跟着她去了。她想起他曾经给过她房门的钥匙，说什么时候你来都方便。但是她说，我什么时候来，你不都事先知道吗？还用我麻麻烦烦地带着，不定什么时候丢了。就没有要。

房间里除了他的衣服等物品，其他的都在，历历在目地在。她趴在那里又哭起来。那个陪着她的人，也跟着红了眼睛。

最后说，回去吧，他已经知道了你的心思，他不希望看到你现在这个样子，他一定希望你坚强起来，活得好好的。

她跟他说，她要把这个房子买下来。那个男的愣了半天。说你要想好了，你又不在这个地方，你买下来干吗？可她执意要留下这个房子，说她回去就筹钱，并且不要他告诉他的家人。

后来她跟妈妈说自己要买一套公寓，钱不够。妈妈显得很高兴，说孩子已经知道过生活了，就要过来一同参谋。她却说，房子卖得很急，晚了就来不及了。让妈妈先打钱，以后有空再来看。

在他单位的帮助下，很快就办好了手续。她再次走进那个房子的时候，痛痛快快地大哭了一场，并且把自己关在里面整整两天。她搂着两人盖过的被子，结结实实地搂着，他的气息丝丝入怀。

现在呢，那间房子还在吗？我问。

在。有时候回去看看，住上一两天。每次回去，都要带上一束花，我已经在房间里养了很多花，都是耐旱的常青植物。

你妈妈后来知道了吗？我又问。

知道了，我还带着妈妈去过。妈妈去了也陪着我掉了一回泪，没有多说什么。

这个单亲家庭的妈妈，真的不知道是可怜男孩，还是可怜她。

‖ 六 ‖

女孩说，今天是他逝世一周年，也是我们认识三年的日子，我去那个小屋里放了花，然后就直接飞到了桂林，再坐车到了黄姚。还住在以前这间客栈、这个小屋，而且大胆地还是把钥匙留在了门上。我还想等到他，等到那个我一生都不会再遇到的好人。我真的应该早嫁给他，跟他去见他的父母，领着他来见我的妈妈，我该留下那个孩子，留下来也该两岁了。

女孩说着呜呜地哭起来。她依然没有从所有的过往中走出来，这个单纯的实诚的女孩。

如果不是亲眼所见，你会觉得这是幻境中人，怎么还会有这等简单之人？可眼前这位，就是这样的一个存在，她确实属于单纯的女孩，单纯到不能再单纯。

可单纯有错吗？单纯也是一种美，一种养分，它会装饰这个社会，营养这个社会，使之变得不那么复杂，不那么利欲。

而且让我觉得，连她的妈妈也是世间少有的一位女子，所以能够影响到自己的女儿。

面对这个纷纭复杂的世界，她们不知道怎么应对，或者说她们根本就不想着怎么应对，所以才简单，才快活，才痛苦；对于幸福，遇见了就抓住，不想那么多，也没有那么多顾忌。两个人也是互相影响、互相确认的。

我没有什么可劝说女孩的，我只是在心里祝福她，希望她能不被什么污染，希望她还能够找到一个心仪的男孩，继续她的美丽的故事，她的毫无势利、毫无防范、毫无算计的人生。哪怕还是用挣的不多的钱，一次次花在机票上，花在长途大巴上。

‖ 一 ‖

　　转眼到了年关，黄姚古镇又迎来了喜庆的日子。

　　大街小巷，大殿小堂，高树矮屋，宽廊敞院，几乎所有的地方都挂上了红灯笼，古风古韵的灯都做得精致，周身镶着金丝，下面坠着中国结。

　　有的亭廊间的灯笼是一串串的，像糖葫芦，散出诱人的魅彩。一到晚间，所有的灯都亮起来，高高低低、层层叠叠，一片辉煌，将整个黄姚装点得绚丽无比。

　　舞鱼龙提灯晚会是黄姚人的喜庆节日，也是黄姚人的独特节目。古镇的提灯会从乾隆年间开始，至今已有二百年的历史。

农历正月初二晚上八时，平地一声炮响，激活了安静的古镇。人们立时精神起来，无论是排练多时的演出者，还是等候多时的镇内镇外的人们。

舞鱼龙提灯晚会正式开始——队列前九个"红毛狮头"踩着锣鼓点，领着长长的队伍向前进发，边走边表演。他

们时而跳跃,时而腾越,时而翻滚。后面跟着舞龙队、锣鼓队、唢呐队、提灯队、彩旗队。

庞大的"鱼龙"队伍由八十盏鱼龙灯组成,当头的是鳌鱼"鱼王",后面跟着鲤鱼、草鱼、斑鱼等各种各样欢动的鱼,而后是鸡、鸭、鹅、兔、猪、羊、牛。声势浩大的队伍浩浩荡荡地经过铜钟湾桥,进余庆门楼,过新兴街,直至穿过每一条街道。

古镇万人空巷,都挤在了街巷的两边,凑着这节日的热闹。

我还看到了金童玉女,看到了"西游记"中的师徒,唐僧骑着纸扎的马,悟空几个徒弟护送他前行。还有"三国"中的张飞、关羽和吕布。各种人物应有尽有。甚至游人也挤在其中,手里举着一只彩灯,摇摇晃晃,跑跑跳跳,共享节日的快乐。

曲曲弯弯的古镇石板街上,灯流、人流,加上锣鼓器乐,加上欢声笑语,汇成一片狂涛巨浪。

七十多岁的古德全老汉,从十九岁便是镇子里的文艺骨干,挤在其中招呼着。

他在古镇活跃了五十多年,以前都是打头的,现在成了指导,看着年轻人将这一民间传统传承下去,他抑制不住地露着笑脸。

说起鱼龙灯，老古说，老辈人都这么讲，很久以前，海里的龙和神鱼对黄姚的秀丽山水情有独钟，经常腾云驾雾来这里游玩，并施洒甘露，使得黄姚常常风调雨顺，鱼米兴旺。黄姚人为了感谢龙、鱼的恩赐，就在建筑上起带"龙"的名称，如带龙桥、龙畔街、见龙祠、接龙楼、扶龙庙、佐龙祠，并且在每年正月初二晚，自发地组织舞鱼龙盛会，以庆贺过去一年的平安丰收，祈祷新的一年和顺吉祥。

老古领着我见到了舞鱼龙队伍最前面的"领头狮"杨福玲，他才二十岁，春节前一个多月，他们的狮队就开始了紧张的训练。作为一个年轻人，他很愿意继承这一民间传统，并将其发扬光大，他说他也要像老古一样，成为光荣的传承人。狮队的表演从初二的提灯会开始，一直到初四。小杨说，虽然常常是挥汗如雨，但还是很快乐的。

舞龙队的十六个舞龙人，居然是清一色的女子。舞"龙头"的叫梁共芬，舞龙队成立有四十年了，刚参加时她才三十岁。"舞龙女"已经换了一批又一批，许多人出嫁或者外出打工，只有她和另一位姐妹坚持到现在。她说舞的年数长了，人家都称她"龙女"，她很高兴，一年到头就盼着能在提灯会上舞一把，直到自己舞不动为止。

曾在节前来看阮欢全，老阮是鱼龙制作的传承人，不仅会扎鱼龙，还会扎狮子和各种彩灯。他十几岁就跟着父亲上手学，六十多岁了还保留着手上功夫。

提灯晚会总指挥说，制作鱼龙不是件容易的活儿，临近节日我就总是来看老阮的进展。老阮工作做得很细，"龙

鳞"都是一片一片剪裁、打磨、缝制起来，还要上色装饰。

我看着老阮正在一针一线地缝合"龙头""龙身"。他戴着老花镜，一边抬眼同我们说话，一边精确地下针。

那些已经做好的鱼龙和动物，用竹篾、棉纸捆扎，里面插上蜡烛，色彩十分鲜艳，可以想象一个个在人们手中舞动起来的景象。

街委会主任说，现在懂鱼龙制作的人越来越少了，年轻人跟不上来，就老阮几位还坚持着，不让鱼龙制作的手艺消失。


‖ 二 ‖


昨天晚上鱼龙提灯会的热闹刚刚过去，农历正月初三，人们又有了新的期待，不少人吃过早饭就开始走向古戏台。有的孩子在舞台四周跑来跑去。

戏台后面，"黄姚民间艺术团"的演员们正忙着扎头穿戴，对镜化装。不时地会有一两声欢笑和歌声。

这是一群训练有素的黄姚本地人，他们有的在说着观看鱼龙提灯会的情景，有的在说着舞台的注意事项。其中古杏全和古德全是堂兄弟，两人都在黄姚古镇的舞台上活跃了很多年，古杏全还是团长。也有新人，比如龙春玲，十八岁的她还是艺术专业的学生。

这个民间艺术团，每年都会在春节的古戏台上为家乡父老表演节目。

九点整，密集的锣鼓响起来，一场别开生面的新春演出开始了。这个时候观众已经围满了四周，有的还在往这里赶。一个欢快的开场舞吸引了人们的目光。而后有独唱、说唱、舞蹈、小品，还有彩调剧。

演员们表演完一场，回到后台，就赶紧换衣，补妆，整理发饰，而后再次回到台上表演。刚才是一身打扮，现在又是一身打扮，看得人眼花缭乱。

第一次登上家乡古戏台的龙春玲一点都不紧张，甩臂、旋转、下腰、劈叉、抖肩，熟练并整齐地随着其他演员做着各种动作，还大胆地朝着台下看，真的就看到了妈妈。她更加起劲地跳起来。

有的孩子还是能认出舞台上熟悉的面容，就大叫着"姑姑""姐姐"，旁边的人就笑了，老人赶紧制止，说姑姑、姐姐在演戏。不少观众是台上演员的亲人，他们拿着手机在拍照录像。

今年新增了《游黄姚》《黄姚春》等展示黄姚的节目，让黄姚人更加喜欢。一些玩自拍的外地游客，也喜欢这独特

的展演，一边拍一边现场解说，将自己的新年感受传向四方。


∥ 三 ∥


黄姚的节日庆典实在是多，实际上是百姓们生活富足，心内敞亮，乐于寄托。每到一个节日，都会有各种方式表达和释放。

正月二十，还有"抢花炮"的活动，这在黄姚已有四百多年历史。

花炮用铁线制成直径约一寸的圈环，将红布缠圈的炮放在有着药硝的地雷口上，点燃药硝，花炮就被崩上天空。花炮分头炮、二炮、三炮。还有说法：抢得头炮，人才辈出。抢得二炮，五谷丰登。抢得三炮，吉祥如意。

为了得到花炮，便有了热闹的争抢，那是意志与力量的聚合，惹得人们一试身手。

黄姚春甫村中有一座清朝初年的狮子庙，是纪念明万历年间的张之勋总兵，所以也称"张庙"。张之勋受命清剿五指、白帽匪乱。张总兵去世后，当地民众特建此庙。庙墙上题有一诗："雄镇一方张总兵，平夷守土有令名。我来似闻锋镝响，应是神归庇此乡。"

正月二十，值张庙庙会，民众便在庙前举行"抢花炮"活动。

这一天，居住在黄姚春甫村的民众要在张庙举行隆重的祭礼，而后开始抢花炮。

到了正午，红布扎成的三个炮头被抬进活动场所，一时群情涌动，里三层外三层地围拢起来。有的站在高处，

有的上到了树上。

还有人潮水般涌来，围在场地四周。

抢炮即将开始，炮手在地雷里充满火药硝，把炮放在地雷口上，参加抢炮的分成几队，各队都扎紧腰带，系好鞋带，挽起袖子和裤脚，精神抖擞地守在炮位周围，就等着一声响。

炮手用香火引燃了火药，地雷猛然发威。轰的一声将红绸炮射上了天空，千百双眼睛都大睁起来，千百双手同时伸出，看那高高的红绸炮会降落何处。

也就是眨眼之间，人们涌动着吼叫着，以最大的力气、最快的速度拼抢起来，慌乱中就有人把炮牢牢抓到并高喊着当众举起。

抢到花炮的这一队便欢呼雀跃，场外的人们也跟着叫嚷。

## ‖四‖

三月初三还有别具特色的庙会，成千上万的人都会参加庙会活动。

热闹非凡的宝珠观门前，有打醮、道场、上刀梯和舞狮表演。古戏台上还唱大戏，直至初三深夜方肯罢休。大戏一般是本地的传统桂剧，有时湖南的戏班也来凑热闹。

初三这天，整个宝珠观和古戏台点缀一新。

宝珠观右侧两米多高的纸糊的"大山人"身上写着"你来么"，像幽默的欢迎词。观内天井前站立着韦驮菩萨，正殿坐着北帝公神像，旁有观音菩萨、关圣帝及"四大金刚"。左侧准提阁，还有七手八脚神像，节日前全都披上金身。庙会期间，大殿里肃穆庄重，烟雾弥漫。

老辈人说，乾隆、嘉庆年间是宝珠观庙会的鼎盛时期。

观内除了供奉神像，还设有花炮（男女丁神像）。每年三月初三上午十点左右，各村寨送花炮（神像）的队伍先后到达宝珠观，此时整个广场沸腾起来。

正午放花炮开始。广场中间特立的大旗下，摆放一张桌子，桌上放着装有铁圈的火药炮。炮圈飞到空中落下，落到谁手，就象征谁的所属村寨得到吉祥，可以多添子女。大约至下午四点，各寨将抢到的花炮扛回本村寨供奉，待来年三月初三又送回宝珠观，如此往复，年年有盼望，年年有吉祥。

狮子舞总是将庙会推向高潮。人们看着狮子乱蹦乱跳，好不欢喜，更是有大人肩头驮了小娃一起看，小娃在上边又动又叫，好像一头小狮子。

醒狮队还配有罗汉、美女、蛮猴伴舞，也就增加了活泼气氛，人群中不时爆发出阵阵哄笑。

狮子舞过，是八音乐队。

八音队原名叫"文武场"，武场是响器，文场是乐器，开演先打武场，后到文场。大小鼓、大小锣镲一时间雷声滚动，擂鼓的恨不得将大鼓擂成窟窿，打镲的恨不得将铜镲拍成碎片，而唢呐、笛子、二胡、木鱼一应文场也跟着鸣响，你在其中，心内无不跟着翻卷掀动，激情鼓荡到了天上。


‖ 五 ‖


农历七月十四晚上，黄姚百姓还有放柚子灯的习俗。

黄姚镇内的水连通着姚江，其由昭平与钟山接壤的将军山发源而来，洪水季节，河水上涨，有时会涌上岸来，泛滥成灾，冲毁房屋和良田。于是从清乾隆年间开始，每年的农历七月十四这天，黄姚人会燃香烛、送食物祭拜河神。

南方产柚子，所以这里的河灯同北方的不一样，为使香烛能在水中漂流，专门挑选尚不成熟的青柚为座。

制作灯头很关键，先把柚子削去一块，然后用竹片插入四个柚子，扎成方形底座，再用竹片搭成"人"字竹架，糊上色纸，贴上对联。灯尾是将三个柚子呈"品"字连起来。柚子全部插上香烛。

从宝珠观那里放灯时，灯头先下水，中间连串着几十个柚子灯，后面是灯尾，很有一种仪式感。

长长的水灯漂浮于水面，一直浮到兴宁庙的下边去。

这个时候，沿河两岸就站满了观众，有镇上的，也有游客，看着舒缓荡漾的流水和摇摇晃晃远去的点点河灯，每个人的心里一定想法很多。

随便问几个年轻人，有的说会想到流逝的时光，有的说会想到过去的那些人和事，有的说会想着自己也做一个花灯放一放。

‖ 六 ‖

到了农历八月十五，还要燃放孔明灯。

黄姚地区燃放孔明灯的历史，可以追溯到西晋，明清时最盛。

每年农历八月十一至十五，家家都要赶制孔明灯。用几根篾丝扎好内架和燃料架座，外用各色纸张包裹。大

户人家还要请画师在纸上画上神像或花鸟，中间插上上好蜡烛。

为了有节日气氛，家家都会在敞亮处置办月饼、糍粑、瓜果。

节前那段时间，采买的，制作的，蒸煮的，晾晒的，整个镇子都在忙个不停。

说起孔明灯的来由，几乎每个人都能告诉你。三国时候，蜀汉丞相诸葛亮举军南征，与敌军对垒时，蜀军久攻不下。诸葛亮便令军中善于织篾的士兵编织许多小篓，用各色麻布糊在篓外。值中秋之夜，月明星稀，秋风爽朗，诸葛亮令士兵点燃竹篓内的松香，让篓子在烟气的推动下，一个个飘向敌阵上空。高高低低的竹篓，摇摇晃晃、时明时暗，强大的阵势如神兵天降，搅得敌阵一片慌乱，蜀军也就趁机攻陷敌营。

诸葛亮平定了南方，使得各民族得以安居乐业。为怀念诸葛亮，南方各民族都会在农历八月十五举行放孔明灯活动。

这天，人们在自家屋前或高台上，等待明月升空。年轻人则跑到了河边和野外。

渐渐地，一轮明月升上了东山，初开始竟然是暗红的，那般硕大、浑圆，悄无声挂在树梢上，挂在翘檐上，而后又变成淡黄色的了，让人觉得她是反映了什么。

哦，这个时候就见一个个孔明灯升了起来。那灯同明月融在一起，成了月的衬托。

我在黄姚最敞亮的水边站立，这里的人最多。

你就看吧，大人带着孩子，男孩带着女孩，还有人搀着老人，他们同明月共享一个祥和的夜晚。场面是沉静的，没有其他节日那样的钟鼓之声，人们只是一边赏月、放灯，一边吃着月饼。儿女们从外边都回来了，为的是这样一个欢快的团圆。

一盏盏孔明灯还在升起，有的将点燃灯火的事情交给孩子，孩子显得十分兴奋，他们亲眼看着孔明灯在自己的手中温暖地飘上去，不由得轻轻叫唤起来。有的小情侣还在灯上写了亲切的话语，让那祝福高高升腾。

整个黄姚的上空一片缤纷，简直成了灯的世界，让人目不暇接，看了这边，又看那边。不少人比比画画，不知是评论着灯，还是说着明月。

蛋黄般的月亮升得更高了，她在带动着星斗般的孔明灯一同跃动。人们不知道那些灯最后都去了哪里，有的说随着姚江飘到了下游，有的说可能进入了天界。

现在人们点上香烛，开始拜月，合家共享团圆安康，祈愿明月带来更好的年景。

‖一‖

一位老者，与另一位老者对坐在石桥边。

老者戴一顶红绒线的帽子，穿一件浅红的羽绒衣，拄着一根枣红拐杖，这是位十分讲究的老者。他对面的老者戴一顶鸭舌帽，穿一件带帽兜的短大衣，也挺利落。

两个人坐在大石头礅子上，望着河水，还有水上漂过的落叶。不说一句话。

我经过他们坐的地方，绕了好一圈回来，两个人还坐在那里。不动，也不说一句话。

但那个姿态很享受，有一种意味，也有一种意境。

卖黑梅的人说，这两个人在这里好几天了，就住在不远的民宿里，没事就出来走走，坐坐，没

107

有什么话语。

有人说年纪大的那位，该有八十多了，另一位，可能是他的儿子。

我后来见到了那个老人和那个不年轻的儿子。

老人只是打打招呼，简单地回应几句话，并不多说什么。

但我似乎感觉老人是有故事的，因为他问我是不是这里的，知道这里的老户不知道。老人的表达已经十分含混，听不清或者别人听不明的时候，他会指指儿子，意思是让儿子代劳。

我有了一次同他儿子畅谈的机会。那是儿子为我的诚意所打动，他就讲起了父亲曾经讲过无数次的故事，这些故事他也是从父亲那里断断续续地知道的。

原来老人曾经在这里居住过，我说那是上世纪三十年代吗，儿子说不，是四十年代。我说那个时候老人多大，说只有七八岁，老人跟着他的爸爸妈妈也就是他的祖父祖母，来这里避难，那时这里是大后方。

老人说他们来这里并不容易，是随着一队人马走过来的。老人的父母是那队人马中的一员。此后，老人在这里生活了两年有余，他对这里的山山水水、草草木木都留下了深刻的记忆。

老人说，他还记得，这里有一户人家收留了他们，这户人家特别好，有一个小女孩曾经带着老人下田捡螺蛳。老人那时的小名叫阿根，阿根很喜欢这个游戏，他一次次背着小竹篓，随着那户人家的女孩子，下到水田里去。

那时尚不知道蚂蟥，有一天，阿根的腿发痒，低头一看，原来有一条黑软的东西爬在大腿上，他惊叫起来，吓得直拍自己的腿，又不敢拍到那东西。

女孩儿立时哗哗啦啦蹚水过来，看着拽不出来，就去取了鞋子，用鞋底使劲地拍打，阿根看见一条很难看的东西，从腿部爬了出来，紧接着爬出来的，是红红的血。

阿根吓坏了。想不到女孩子从田里抓起一把污泥，啪的一声，摔在阿根的腿上。阿根觉得凉凉的，一会儿就不疼了。可鲜红的血又从黑泥里渗出来，阿根害怕得哭了，会不会死啊！

女孩儿说别怕，没事的，我常常被咬。说着又去拽了好大一把草来，为阿根紧紧地扎牢。一边扎，一边抬头看看阿根，说没事了，很快就会好的。

阿根就这样，看到了一种温暖的目光，这种目光多少年都没有忘记。

## ‖ 三 ‖

后来当爸爸妈妈带着阿根离开的时候，阿根哭着闹着

不愿意走，他实在是喜欢这个地方，也喜欢这个人家的人。他觉得这是一个神奇的世界，这个世界远离喧嚣，远离阿根曾经的慌乱、恐惧和无眠。

在这里，阿根吃得很香，睡得很香，玩得也很香。阿根说他闻到那个女孩儿的身上有一种淡淡的香味，那是头发丝里渗出的芳香。

阿根说，他总是记得女孩儿用皂角荚在溪水中洗头的

模样。

女孩子把她的头发一次次放进溪水里，然后把皂角用棒槌使劲地敲打，敲碎了以后就全部抹在自己的头发上，然后就反复地揉搓。女孩儿做这件事的时候，做得非常仔细，不厌其烦地仔细。

阿根就那样坐在门口的石桥上，定定地看着这个女孩儿。

阿根说，每当房东的女孩儿做这件事情的时候，他都会无名由地欢喜，觉得女孩子是在做一件十分有意义且十分繁琐的工作，每一个过程都仔细进行。比如砸角，比如搓洗，比如梳理，比如捆扎，一项项怎么就那么复杂而精细！这要是让一个男孩子去做，如何做得？由此阿根觉得女孩子太伟大，她们小小的年纪就得自己管理自己，而不要别人的照顾。

阿根还跟着女孩儿，走过黄姚镇里所有的老街窄巷，甚至一些深宅大院，也会进去一探虚实。他知道从一个小门出去是什么街，那条街走到头往左拐，可进入什么街，右拐是什么街。他还能找到欧阳予倩的住所。

后来，他已经可以自己走了，从一个小门出来，走到大街上，穿过左边的巷子，可以直接走到水边。

女孩儿还会带着他举着一个风车，在阳光里跳。他觉得女孩儿的长头发在背后甩来甩去，十分的亮眼，一条蝴蝶结，红霞一般飘。女孩儿还会唱着：

点虫虫，

虫虫飞，

飞过隔篱寻婆嘀，

婆嘀有荔枝，

摞比仔仔吃一滴……

就这样，一年的时光过去了。

那天阿根听见咣啷的一声响，女孩急急地来叫他，带他跑到街上去。

原来来了一个小货郎，小货郎的口音和这里的人不一样。货郎说，他是从潇贺古道那边来。

当时他不知道潇贺古道在哪里。只想着货郎走了很远的路，穿村过寨地到了黄姚。

小货郎敲一下锣，用洪亮的声音喊着：丁香仁丹桂花膏，锥子剪子烟荷包……

东西还真不少。孩子都挤在那里，只有一两个大人会过来拿一双旧鞋子，或两个鸡蛋，还有的拿来一绺头发，换走一些针头线脑。

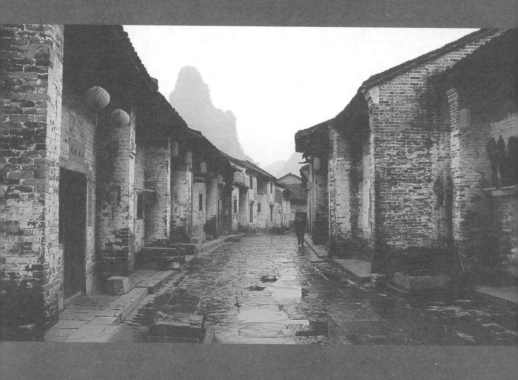

116

　　阿根只觉得好玩，也没有想着换什么。女孩儿却跑走了，一会儿跑回来，手里拿着半个饼子，问能不能换东西，小货郎接过来，立时就高兴地在嘴里咬了一口。问女孩儿想换什么。

　　女孩儿换了几块姜糖分给阿根。

　　老人说，那姜糖放在嘴里，硬硬的，又软软的，满口香，满口甜，又满口辣。当时他觉得是最好吃的食物。那滋味一直记得，同后来吃到的，总是不一样。

　　阿根简直视女孩儿为自己的领袖，甘愿跟着她去做任何事情。他跟她去打过猪草，去逮过知了，去捉过青蛙。那个时候，阿根觉得有意思极了。

　　最有意思的，是跟着女孩儿到后边的水田去抓鳝鱼。抓来的鳝鱼总是被她的妈妈放在锅里去煎，去炖。炖出来以后，就会送给阿根一小碗。

　　老人说，那简直是一种天物，是那样的好吃，那样的让人回味。老人说，在这之前，那是从来没见到过的一种鱼。

　　这种鱼很不好抓，女孩儿会用食指和中指去攥住鳝鱼的前半部，然后满手使劲，就将鳝鱼抓进了篓子。

　　而有一次，老人记着，他还曾遇到过一条蛇，那条蛇跟鳝鱼几乎一个颜色。

　　当时老人伸手去抓，却被女孩儿抢先一步抓起来，远远

地像一段绳子甩了出去，那段绳子在天上绕了好大一个圈。

这是老人记忆深刻的情景。女孩子说，蛇，快跑，可能水里还有一条！

女孩儿拉着阿根，两个人噼噼啪啪地溅出一长串的水花。

老人的儿子说着这些的时候，我的眼前就展现出一幅童话般的场景。那场景一忽是黑白的，一忽是彩色的。黑白太远，彩色太近。


‖ 四 ‖


我相信，那种童年嘹亮的快乐，让老人每每想起来，都历历在目。

老人的儿子说，他的父亲，多少年以后总是在唠叨着一个地名和一个人名，他们都听不清他说的"黄要"是什么地方，人名倒像是"桂儿"。

老人说那个地方很远，他几乎没有办法实现老人的愿望，实际上老人也没有非要满足这个愿望不可。

直到有一天，他们发现了老人的异样，到医院去看医生，医生说老人小脑严重萎缩，老人的症状属于老年痴呆。

没有什么好办法,家属只能多陪陪老人,给老人买点儿他喜欢吃的,去他喜欢的地方。

他就想到了老人曾经一次次念叨的"黄要"。待老人清醒的时候,终于弄明白是黄姚,从网上查到了,并且知道了行走路线,订了票,然后带着老人出门了。

来到这里,按照老人说的去寻访那个人家,老人一时糊涂一时清醒,一次次地认定,找到一个地方,说就是这里。

按照老人说的,从这里进去一个弯弯,拐过那个弯弯,却找不到那个门口。有个门里也不是原来的主人。

他曾经替老人一遍遍地打听那个叫桂儿的女孩儿。有人说,似乎记得,有人说,根本就没有这个人。这个门里边住的人家,始终都没有换过。

那么老人话语中的人家和那个小女孩桂儿,是真事呢,还是一个虚幻的念想?

从老人的叙述来看,儿子相信那是真的,一点都不会有假,因为他编不出来。

儿子说,他每天都会带着老人坐在那家门口的石桥上,静静地看水,看夕阳。

老人有时会说,溪水多清凉啊,桂儿就在水边洗她的头发,你没有看到吗?她还回过头来看我呢,她前面不远就是水田。

是的，他们是坐在溪水旁，只是女孩儿不见了，水田也不见了。一切都经过了时间的蹁跹。

已经不年轻的儿子，还是会每天都陪着老人，在这里坐一坐，听老人说又看见了桂儿。

我不知道他们还要在这里坐多久。

我是来过黄姚的，记忆却像影子，深深浅浅不清晰。好多店铺换了招牌，左弯右拐的街巷不知如何走，因而仍有一种新鲜和兴奋。

那些铺子，悦泰兴、金龙门、金德庄、古崖居，还是老旧称呼，其他的就有些新颖："衣态""花颜""那些年""幸福庄""春天里"……一个个诗一般的美妙，看了都想进去，瞅瞅到底是什么营生。

一个一个的门挨得很近，斑驳的墙壁上，挂着条条块块的小牌子："回忆咖啡""灯泡奶茶""遇见果汁"，名字都有些个性。还有"断片酒"，似乎一喝这酒，便断了一切过往。

"水墨""金麦缘""花木生"之类，大致还能猜出是何内容，但是"一米阳光""一步之姚"

就不知道了。

有的店，还在门上或墙壁上加了附加语："在黄姚留下，或者我跟你走。""我有酒，你有故事吗？"如此缤纷的夜晚，加上那些红晕的灯笼和飘忽的幌子，还真的让人有一种迷醉。

"寻食记"的门口，挂着一幅咸鱼的画，上边有三行字："人一定要有梦想，即使是条咸鱼，也要做最咸的那条。"这广告做的，心内莞尔的同时，禁不住往招牌上望，看看跟咸鱼是否有关。

有的也真敢写："你不进来，怎么知道，里面有没有你想遇见的人？抓住缘分，再不疯狂，你就老了。"不知道你看了，如何迈腿。

"姑娘·小茶"，可能是一个喝茶的地方。小茶加上姑娘，就有了味道。姑娘·小茶，姑娘与小茶是并列的，并列并不通，因为你经营的不是姑娘，而是小茶。那么，是姑娘做的小茶，还是姑娘牌的小茶？反正就这么标示，反正姑娘与小茶都是美好的，养眼养心的。

这个小店的名字叫"那些年……"，不知道经营什么，门外挂了一堆麻绳子吊着的木棍横截面，朴拙而有质感。上面写着幽默而意味十足的话——"闲着也是闲着……"

有个店铺的名号是："随她吧"。酒吧，还是咖啡屋？

还有个店铺叫"有关"。有关什么？与谁有关？黑色的墙面，黑色的门，开着一道黑色的缝。里面没有灯光。轻轻地推开，再推开点儿，还是无限的黑。脚已跨进一只，大声问可有人，听不见回声，另一只停在那里。

一个手鼓店的门关着。门旁一只黑狗，一只黄猫。黄猫看着黑狗，黑狗卧在老旧的灶台上。灶台边的墙壁写着："打了三年鼓，发了两年呆。"

一只麻雀路过，叼了一小片叶子飞去。

等我再转回来，那只发呆的狗也走了。而猫又卧在了上边，继续发呆。

狗跟着一个上学的孩子一直往前。

孩子看看狗，狗看看孩子。

"每一个人都是一颗孤独的星球，请一定要珍惜，旅途中的每一次相遇，每一个故事，和那个愿意听你讲故事的人。"这句话在"小站客店"的画板上。

画板支在一群小花的前面，随着那些花，对着每一位来的人笑着。你还没有入住，许就先喜欢上了这里。这本身或就有一个故事，故事的主人公，是谁？

想起多少年前，我所在城市的一位中学教师，工作好好的，毅然交了一份辞职书：世界那么大，我想去看看。

许长期的两点一线，她没有什么机会见识社会，也没有机会见识爱情。学生不知道，他们眼中俊秀的老师，其实心里很孤独。

于是她出发了，开始浪迹天涯，后来真就在旅途中结识了爱情，并同所爱在一个喜欢的地方安顿下来，开了一爿自己喜欢的小店。

在黄姚经营小店的，多不是黄姚人，他们或多或少，都有自己的故事。

我看到了那个"一米阳光"的小店。当这个店名闯入我的眼帘，我的眼睛即刻亮了起来。为什么会有一米阳光呢？或许在它那里，阳光只能打亮一米长短。我走了进去，沿着窄窄的楼梯一点点往上走，渐渐地我便看到了那窄窄的光线，它从两处房檐之间洒下来。能够感觉到，这是利用率极高的小店，那个年轻的女主人，竟然在仰头看着时突发奇想。

倒是让人喜欢上了这个只能洒下一米阳光的旅店。登上最后一个台阶，我看到了一个大大的平台，平台上，阳光大方地照亮了每个细节。站在边缘向下望去，就望见了那个街巷，瘦瘦长长的街巷，此时已经充满了人声，那是第一批进入黄姚的游客。

一个女孩坐在椅子上照相，那是一把十九世纪欧洲风格的椅子，她摆出的却是二十一世纪中国乡村的姿态，那

姿态里有一种沉迷，一种渴望，还有一种诱惑力。

　　她的周围有一蓬紫色小花，还有一蓬白色小花。关键是还有一刀刀厚厚的红烧肉，红烧肉像是刚出锅，红润流油。这是一个肉铺吗？摆着的挂着的都是肉。

　　女孩有滋有味地笑着，不知道她是为了那两蓬花笑着，还是为了橱窗里一刀刀诱人的红烧肉笑着。

　　不过这时我发现了她左上方的门边，有一块掉皮的老木板，从上边歪歪斜斜走下来一行字："我在黄姚等你。"

　　或许她的笑，不是为了花，也不是为了肉，花是假花，肉则是一种真石。


　　终于忍不住，进到一家茶舍坐下，要品品夜黄姚。

　　屋舍不大，却优雅，陈设是古朴老旧的器具，楹联字画镶嵌其中。婉转的音乐，一女子面带微笑，柔指纤纤地斟着暖茶。几盏过后，已觉微醺。真的，有时茶也醉人。

　　女子着一件浅绿色连衣裙，很配肤色和气质。她总是微带笑意，把一只只空了的杯斟满，而后打开新茶，加水再泡。茶是上等茗品，水是瓶装矿泉。

聊起来，她说她姓梁，家在贺州，有几十里地远，好在孩子已经十岁，住校，不用常回家。

她这一说，让人惊讶，本看不出年龄的，空气与水的缘故吗？

是老板？她莞尔一笑，哪呀，打工的，老板在里边。她说在黄姚，有很多外地打工者，她还算本地人呢。她说游客来得多，收入还可以，就一直做下来。

茶一直喝到半夜，虽意犹未尽，还是离开了。

回去早找不到来路，只凭感觉走。就又走了不少冤枉路。

‖ 一 ‖

　　很多人不知道高士其还曾经在黄姚居住过。

　　高士其是中国科普事业的先驱和奠基人，年轻时在美国研究脑炎病毒的过程中，不幸被病毒感染，留下终生不治的残疾，回国后他一边顽强地同疾病作斗争，一边坚持发表文章，向民众普及科学知识。

　　一九四四年，日军轰炸桂林，继而对广西多地发动进攻，许多文化人士开始转移。九月下旬，高士其先是到了黄姚的县府所在地昭平，休整后乘坐小船在思勤江走行两天，再改坐竹轿，翻过大风坳，经过艰苦的跋涉，才来到隐藏在山水间的黄姚。

　　来黄姚的还有欧阳予倩等文化名人。欧阳先生的故居在主街上，人们很自然就会走到那里。那是一座带有阁楼的房子，我曾几次走过，故居门窗已经褪色，一些花儿探出身子，看着街景。

高士其旧居却是偶然发现。

此前多次在黄姚的巷子里穿行，都没有找到这个所在，以为现在的人已弄不清半个世纪前的情况。

当时只是随便走走，进了镇子不远，看到人们都顺着主路往左拐，右边的一个小胡同却没有人行，便随意走去。这一走，还真走出了奇遇，一座不大的老房子，竟然挂着一个牌子：高士其故居。原来高先生就住在这偏僻的小巷里。

作为抗战的大后方，高士其来的时候，黄姚早已人满为患，连祠堂里都挤得满满的。但是对于高士其先生，黄姚还是想方设法腾出地方。经过张锡昌的安排，高士其寄宿在了迎秀街罗家华屋后的草房里。

走进这座老宅，一切似还是老样子，石阶、砖墙、老式门窗，一个个隔间，泛着古意。中间开一门，通着后院。后面的草房子自然是不在了，草房的位置，有了另外的一座不大的房屋，规制应该同草房差不多。房子的前面，是一片小小的园地，里面种着花草，甚至还有清池浅水。多少年过去，当年的情景与现在大致相同吧？想问问主人，却是始终没有见到，一切都静静的，听不到什么声响。

那么，高士其先生住在这样的一个环境中，也是不错的。主人一家住在前面，尚有着一点距离。这里在主要街巷的后面，远离喧嚣，正好适合先生静养与写作。

这个后院面对宝珠山，山青水碧，空气宜人。每天早晨，高士其总要在晒楼上静坐，观赏古镇四周景色，然后读书看报，抽出时间进行创作。度过了一段"坐久不知红日到，闲来偏笑白云忙"的安稳生活。

这是后来镇子里的人告诉我的。镇子里的人还说，高士其的疗养与写作，甚至于研究，都是得到了从上海来的女子周行先的照顾。

在此之前，高士其先生始终没有安定和平静下来。

本来是去香港治疗，身体不但没有得以健康地恢复，反被歧视和虐待。好的是，他遇到生命中第一位妻子谢燕辉，在护士谢燕辉的照料下，高士其的病渐渐好转，而高士其又是个闲不住的性子，病情一好，便开始创作。不能写字，就口述，谢燕辉代笔，写出了一篇又一篇的科学小品，发表在香港《大公报》上。

此景不长，他又在桂林遭遇了险恶，身心再一次承受了巨大的伤害：一是贤淑的妻子突然离世，一是曾经信赖的女子突然背叛。

那是太平洋战争爆发以后，谢燕辉从香港来到广西照

顾高士其，同来的，还有一位李姓女子，自称是他父亲朋友的女儿，乐意一同照顾高士其。这样过了一段安心的日子。后来日军轰炸桂林，人们开始逃散，高士其他们陷入了困境。慌乱中谢燕辉外出求援，却突发心脏病，倒地不起。此时李小姐不仅背叛离去，还将他锁在屋里，并且带走了所有生活用品，甚至他床上的蚊帐。致使他打门打不开，叫人叫不应，没有吃食，更是陷入蚊虫的肆虐之中。当青年作家马宁找到高士其时，他已经奄奄一息。

不能不说，这是高士其生命中的一次重大打击。幸亏在黄姚有了周行先的照顾（还有说是受到了马宁夫妇的照顾），且这个照顾是无微不至的。

在有限的资料中，不能十分详细地介绍周行先这个女子，有些介绍把周行先说成是高士其的夫人，并且是这位夫人陪着高士其来到黄姚。黄姚也有人这样说。我看资料，把高士其先生在香港遇到的金爱娣说成是他的第一位妻子（有说是名义夫妻），而事实上很久之后，在高士其的生命中，才出现了另一位女性金爱娣，是他第二任妻子。金爱娣曾有过一段婚姻，一九六一年经人介绍与高士其结婚。金爱娣还把自己的儿子改名为高志其。看来，周行先作为他的第二位妻子，一直没有名分。高士其离开黄姚之后，就不知道周行先的情况了。

善解人意的周行先，料理着家务又兼任着秘书，她能够准确无误地明晓先生的意思，听懂他的任何话语。可以说，她是高士其的手，也是高士其的口。她为他表达着一切，代言着一切。

为此高士其是满意的。平时先生读书看报，她却是闲不住，照料大人，还要照料孩子，吃喝拉撒，缝补浆洗，忙不完的活儿。

那个时候，每隔两三天，张锡昌、欧阳予倩、千家驹等文化人士就来看望高士其。他们总带着书报和一些好吃的东西，扶高士其到树下聊天。当高士其知道欧阳予倩正在征集图书建立黄姚图书馆时，便慷慨地捐出自己喜欢的书。

距离高士其不远的《广西日报》（昭平版）的编辑也常来看望先生，并且委婉地向高士其约稿。那个时候，高士其的科普小品，已经很有读者了。

高士其是在上世纪三十年代发表《细菌的衣食住行》《我们的抗敌英雄》和《虎烈拉》时，将原来的名字高仕錤改成了高士其。他说："我是去掉人旁不做官，去掉金旁不要钱。"高士其的文章，总是别具一格，浅显易懂，生动形象且夹叙夹议，既有科学性、文学性，又有思想性。这类科普文章一发表，就广受读者的欢迎。

高士其之所以要到芝加哥大学医学研究院攻读细菌学，是因为姐姐感染细菌病毒突然离世。中国的细菌学尚是一个薄弱学科，很多人对此了解甚微。高士其似有一种使命感，促使他一次次拿起笔来，将自己的知识传之于众。

由于顽疾的折磨，他的手不停地颤抖，每写一字都要半天努力，然而他总是坚持着，哪怕一天只写几百字。就这样，他写出了脍炙人口的《人生七期》《霍乱先生访问记》《伤寒先生的傀儡戏》《鼠疫来了》等一系列科普小品。结集出版的《我们的抗敌英雄》《细菌与人》《抗战与防疫》的书籍一时成为抢手货。来到幽雅古朴的黄姚，高士其仍然坚持着自己的良好习惯，起床后先读书看报，然后进行创作。

在黄姚的时候，由于高士其先生的病情加重，他很少再用手写作，只能口述。他脸部神经麻痹，讲话一般人听不懂，只有周行先能够知道他说的什么。有客来访，周行先也会在身边做翻译。遇到高士其来了灵感，召唤周行先，她都会很快丢下手中的活儿，找来纸笔，坐在高士其的身边，认真记下他的话。到了晚上，安顿好孩子睡着，便借着昏暗的油灯，细心地整理高士其的作品。整理好后，再念给高士其听。高士其最有名的科普著作《奇妙的数》和为《广西日报》写的科学小品，都是在周行先的帮助下面

世的。

　　出高士其故居，继续往前走，就发现这里通连着一个个过道，穿过去能通到另一条巷子，到了那里，往右可以走出古镇，往左便又到了主街。

　　我这次是从出去的方向往回走，想着很快就能找到高士其故居，但是怎么也走不到。由于是晚上，巷子里实在是有些黑。本是在古镇遇到两个同伴，听她们说见到了欧阳予倩故居，便随口问了句：高士其故居呢，见了吗？她们便摇头。这一摇头就摇成了现在的结果。

　　怎么这么窄呀！这么黑呦！两位不停地在身后发声。

　　确实很窄，白天也没有觉得如此的窄，窄得简直要擦着肩膀。也确实黑，有几处老屋子，不但没有住人，还颓毁了，没有任何光亮。

　　在黄姚，真的不可太自信。

　　崎岖不平的小道还在往前，引着迷惑，也引着恐惧。若果不是两个影子紧紧跟随，连我也失去了信心和勇气。已经属于黄姚的深切部位，有些房屋久不住人，门口的对

‖ 时光里的黄姚　　　　　　　　　　　　　　　　　　144

联早就泛白，越发有些瘆得慌，经过时还听到什么掉落的声响。有些不知何时塌下的老砖碎瓦，让脚步磕磕绊绊。现在想来，白天只是闷头顺着一条路径走过来，其实里面有很多岔道，只要拐错一个，就走迷了。现在，你就是想回头，也不知道是哪条路了。

只能大着胆子走下去，到前面发现错了就再回来。这样走走回回的，渐渐看到了更多的光亮，那是灯笼散出来的诱惑。

转过一个屋角，更多的光透出来。放大胆地走去，并一个个门口看过，就看到了那座熟悉的老屋，还有老屋门口熟悉的牌子。

这样让人想到，高士其在科学小路上的寻找也是一样，知识与文学的灵光，也须有无数迂回曲折，无数疑惑和坚持才能获得。

当时黄姚来的名人多，大家都知道哪个巷子哪个人家住着什么人。他们会怀着崇敬与好奇，来到他们的寓所前巴望。当然也会来到罗家华家，借着串门，看高士其先生的情况。

高士其知道后，会让他们进到后面来说话。他们进来就这里看看，那里瞧瞧，看到狭小的草屋里还有显微镜、玻璃瓶和各种管子、仪器，书架上摆着厚厚的英文书，就

更是心生敬意。他们都称他为"高先生"。看到高先生一日三餐总是吃白粥，就有些心疼。先生身患疾病，营养上不去怎么行？于是有些人就送鸡蛋、粮食和日常用品给他，房东和邻居还会钓鱼给他滋补身体。

时隔多年，小镇上的人们说起来，都说高先生不是一个凡人，身患那么严重的病症，说话写字都困难，还能讲出那么动人的话，写出那么迷人的文章。当然，他们也记住了那位娴静的高先生的助手周行先，当时都是她在先生身旁，大家才能与高先生愉快地交流。

只要天气好，高士其会在周行先的陪伴下出来走走。去看穿行于镇子的水，看像桂林一样的山，赞叹这里少见的乡村美景。他还会看百姓们的日常，他熟悉了一条条石板小街，一道道很窄的古巷子，见了乡亲都会抬起不方便的手打打招呼。人们都知道那是高先生，都热情地让道，也让进家中去坐。

高士其还让周行先扶着，到黄姚制作豆豉的作坊去参观，跟老师傅交流，告诉他们豆豉的奥秘。最后写出《美味的黄姚豆豉有霉菌的一份功劳》，交给《广西日报》发表，使黄姚的百姓懂得了豆豉制作的真正原理。

黄姚人就愈加喜欢到高先生家串门了，他们还从高先生那里知道了更多关于细菌的知识，有了防病治病的经验。

他们口口相传着先生的《病的面面观》《细胞的不死精神》《听打花鼓的姑娘谈蚊子》，他们甚至还懂得了啤酒的制作原理。有人按照先生的方法，将制作成功的啤酒带给先生。

高士其和黄姚人完全地打成了一片。虽然先生行走说话都不方便，但是他的心黄姚人都懂，他也懂得黄姚人的心。黄姚人都说，尽管外边一直不大安宁，黄姚还是幸运的，尤其来了这么多先生，让黄姚人见了世面，长了见识，学到了不少东西。

对于高士其他们来说，也是同样，同黄姚百姓亲密的接触中，他们也有了很多感触，增加了对社会的了解，提高了对生活的认知。

可以说，在黄姚，高士其从来没有这样放松过，快乐过。这里的一切都给他留下了极好的印象，比之在香港在桂林都开心。

患难出真情，这个非常的时期，高士其对黄姚产生了深深的依恋。如果不是抗战胜利组织让他离开，他许还要在这里住下去。

这一天，黄姚骤然响起了经久不息的鞭炮声和欢呼声。一九四五年八月十六日，黄姚出版的《广西日报》（昭平版），用特大的铅字套红发表了日本无条件投降的新闻。《广西日报》的工作人员几乎都手拿报纸走上街头，将这来之不易的胜利消息告知民众。

人们从自家里走出来，拥向街头，共祝这来之不易的胜利。当天的报纸早被人抢购一空。高士其先生也难以抑制心中的激动，不顾残疾之躯，在周行先的搀扶下，走出家院，上街去和群众一起欢呼，共同分享抗战胜利的喜悦。

九月一日，在黄姚住了将近一年的高士其先生，在组织的安排下，要和黄姚告别了。

人们看到高先生准备行装，不少人赶来与他饯别，有的送来黄姚豆豉，有的送来黄精酒，有的送来煮熟的鸡蛋。黄姚人说，高先生啊，空闲了，再回来看看！

高士其上路了，他一次次回头，不舍地看着给自己留下无尽怀想的地方。终是思绪万千，从心底吐出了那首感人的诗：

别说我们住厌了旧村庄，

别说我们不喜欢小草屋，

在你温暖的怀抱里，

滴落了疏散人的泪珠。

如今，抗战胜利了，

我们得回去！

别了，黄姚，

——我们避难时的保姆……

别了，黄姚，

——我们患难中的朋友……

别了，黄姚，

——我们乱世间的爱人！

黄姚人说起来，那年先生四十岁。

黄姚人记得，先生后来还担任了中国科普创作协会名
誉会长、中国科普创作研究所名誉所长。黄姚人说先生不

喜欢做官，那些都是虚名，最主要的是先生以伤残之躯，写出了七十五万字的科普作品，出版了十八部科学著作，"将科学和文明遍撒人间"。

黄姚人说，先生顽强地与病魔斗争，一直活到八十三岁高龄！那年是一九八八年，先生走了，黄姚人望着北方，含泪为他焚香送别。

黄姚人说，天上的一颗行星就叫"高士其星"，那是世界公认并纪念他为科学事业做出的贡献。

多少年过去，黄姚依然保存着所爱及那些忘不掉的往事。在他故居的门口，永久地刻着那首《别了，黄姚》。

已经是晚上十点，若果是在以前，先生怕是已经休息。我们轻手轻脚地走过，没入了窄窄的巷子中。

抬头望天，一线天空，星光闪动。

我看到了油菜花，一大片的油菜花。

这是黄姚的外围，从高处看，或就是扎在黄姚腰间的一块方巾，那方巾飘展开来，挂到了气韵萌萌的江水，和一座不高的山，山形奇特得像一座瓦房。油菜花到了那里，也就到边了。

太阳刚刚醒来，轻轻打在油菜花上，像搽了一层薄薄的粉彩。

有些粉彩撒到了水里，水面上便浅浅地漂了一层。

小山尚未受到晨阳的光顾，所以愈发显得轮廓黑暗。四周没有一个人影，也没有飞鸟，倒是一些小虫子在轻轻地叫着，像在谈论着这个不一样的早晨。

一块云从哪里赶来，不知道是路过还是要久

留。一忽便遮挡住了太阳。太阳拱了半天，才从云的一个角上拱出来。

出来就赶紧和油菜花和江水打招呼。

小虫子倒是先回应了，它们叽叽咯咯的声音比先前大起来，唱主角的竟然是尚没有完全长大的小蛤蟆。

浓云重新占领了天空，那是又一片云从远处赶来，同先前来的云联合一处。并且，它们还在召唤其他的云在往这里赶，似乎是要完成一个计划。

而云下的一切都还不知道。只有太阳在独立作战，它试图冲破云团的联结。它甚至以它的辉芒将一片片薄薄的云边刺破，让那光锐利地放出五颜六色的烟霞。

远处又来了一片云，而且云端上面竟然发出了沉闷而炸裂的声响。终于知道云为何如此耀武扬威，原来雷在助阵。雷一来就再没有云的斯文，它似乎是骑着云的战马，扬着云的战旗，一路喊杀嚎嚷。

但是这一切并没有引起谁在意，油菜开出了更多的花，蛤蟆似乎又长大了一点，水的波纹更加鲜明了，而且太阳从云层间射出的光芒更加沉稳，带有着一种古铜的色彩。

仅仅半个时辰，原野的一切，又还原成了早晨最初的模样。云团带着它虚张声势的雷，无趣地远去了。

风在这时显现出来，风携来所有的芳香，包括油菜的

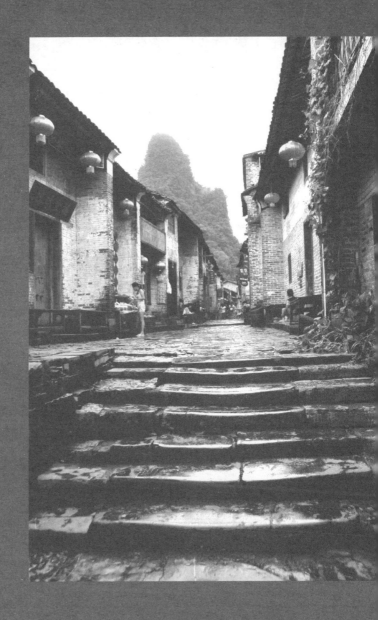

芳香、草的芳香和泥土的芳香。


　　这天，上到一个高处，看到一片瓦上，竟然有一枝花在开放。

　　不是风，便是鸟儿，给了瓦一个生命，瓦便精心地守护它。瓦将身下的一丁点儿泥土贡献出来，让人感觉是瓦挪了挪身子。

　　那么舒展的花，先让人想到了舒服。

　　是的，花儿必然是感到了舒服，否则它怎么那般自在？于瓦的这片世界里，它开出了异样的美丽。

　　本来是看瓦的，却看到了瓦上的花。那么该叫它"瓦花"了。


　　站在水边看桥。

　　桥上垂下绿色的丝绦，那些丝绦长在桥的半腰，它们吸吮了石桥带来的潮湿与水汽，又受到了阳光敞亮的照射。

　　现在早上的晨阳正好打在了小桥上，将那些丝绦完全地打亮，从这边看，它们竟然通体透明。

　　水从桥下流过，水中映出了桥的轮廓，那些丝绦，也映在其中。这样，就是一个完整的圆了。

　　好看的已经不是那桥，而是圆周的那些丝绦。它们纯粹是长长的眼睫，在微风里一闪一闪，眼眸里，是高高低低的黛瓦与粉墙。

还有石阶，一阶阶承接着慢慢打来的光线，然后承接着慢慢走来的浣女。

一朵黄蝴蝶，开放在我的眼前。

那么黄的蝴蝶，简直可以称为"蝴蝶黄"了。

我凑近前去，竟然看到了她的点点雀斑。黑色的雀斑，针眼样点在她的黄上，更加突出了黄的色光。

她幸福地飞呀飞，在一叶叶阳光里，一忽作短暂的停驻，一忽又起来，比一架直升机要容易得多。

我不忍惊扰她，只悄悄地跟着她，看她的蹁跹，她的烂漫。

我见识过太多的花蝴蝶。那是色彩的搭配大师，知道如何让美丽更美丽。也见识过蝴蝶的黑，蝴蝶的白，但是这样的蝴蝶黄，真的是鲜见。

她是黄姚的特产吗?

该说说姚江了。

黄姚与姚江有着不可分割的密切关系。也就是说，黄姚的美，有姚江的一份功劳。或者说，姚江是黄姚的绶带。

用黄姚百姓的话说呢，姚江就是黄姚新婚屋里的缎子被面。

黄姚镇子里面的水，无论怎样流，都是与姚江相通的，姚江由北而南贯穿了黄姚整个古镇。

于是才有了黄姚水汽蒙蒙的盎然气象。

黄姚人做饭、洗衣、玩水、划船都依赖这鲜活的姚江。姚江也就乐意承受这种依赖。无论早晚，你就听吧，总是能听到清灵的水声里那清灵的歌声、笑声、撩拨声、捶衣声⋯⋯

姚江穿过黄姚后南行六公里，便进入了笔头村白石寨。从这里登上竹筏，可体验一次爽心的姚江漂流。

你会觉得是黄姚拽引来一幅奇妙美景。


夜晚的黄姚，有一种清寂与神秘的声音，给你刹那间的触动。

你不知道那声音响在何方。有时候觉得是从街巷传来，街巷里黑黑的石板路，没有一个人的石板路，由这边的黑暗，长长地伸向那一边的黑暗中。它就像是镇子的血脉，在暗暗地流动。

有时又觉得是从瓦上传来，一片连着一片的瓦，高高低低地遮蔽着黄姚的生活。

千百年的岁月，千百度的浸润，足以将所有的声音灌注其中，或者说浸淫其中。

这使得你长时间无法入眠。那或就是回到故乡的感觉。

多少年离家，多少年梦到回家，真的回来了，却久久地睁着眼睛。不是太吵，而是太静，从没有过的静。从没有过的声音，包裹着你，袭扰着你。后来想，或许就没有什么声音，只是一种幻觉。

有时觉得所盖太重，有时又觉得太轻，你道不清怎样是好。

再睁开眼睛，天已大明。你不知道何时入眠，入眠的时候，任何声响都听不到了。


已是夜半时分，同几位友人走上高高的石拱桥。

石拱桥下的姚江，沉浸在一片宁静中。宁静而致远，也确实，它的一端深入到黄姚的古镇里去，另一端深入到无限远。

由镇头打起的红灯笼，像在迎接，又如远送。

让人想起熟悉的周庄。

盯着看时，又看出了异样。水的两边，竟然有无数的长茅草，长长地斜向水中，斜出了不同于周庄的野性。浓浓密密的野性，更突出了姚江的自然。

回头时，又看到了另一种自然，螺髻样的山峰，竟然像贴在姚江边上的剪纸。

是的，在中原的塬上，我见过一种黑色的剪纸，那里的人尚黑，以为黑是一种神秘与神圣，是一种祝福与护佑。那么这峻极的山峦，一下子就让人想到了黄姚的黑美。

实际上也是一种野性的展现。白天的时候它们是另一种突出，夜里却真的像是贴上去，贴在天穹，贴在姚江。

如此，黄姚才睡得更安稳，更沉实。

一群人就这样摇摇晃晃走过高高的石桥。这些人一到黄姚就不胜酒力，一边摇晃，一边说着并不囫囵的话语。其中一个叫鬼子的人，说若果从天上看这姚江，就知道姚江绕的是一幅八卦图。

大家唏嘘起来，在夜半，这幅八卦图一忽飘在左边，一忽飘在右边。


猛然间看到了黄姚的月亮。她就在黄姚的斜上方，她什么时候出来的？完全没有在意，好像一开始就是这样。

她不是那么白，也不是那么红，她竟然是金黄金黄的，漫天里没有一丝云，就只有一轮金黄的月亮。就像是一张黑纸上挖了一个洞洞，洞那边的明亮透过来。

　　而那月也并不是光艳艳的，她几乎没有光芒。这反而突出了她的冷艳、她的凝重及大气。你可以直视她，直接看到她的全部，她的皮肤，她的筋络，甚或她的脉动。

　　这让人想到，她是黄姚独有的，或她就是黄姚的另一个形象。

　　远方的游子，看不到黄姚，看一看黄姚的月亮，就满足了。

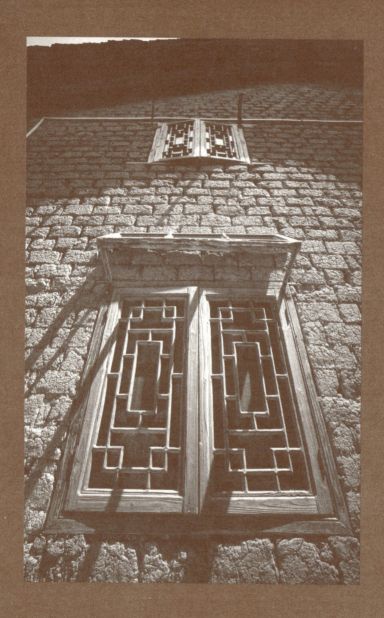

166

‖ 一 ‖

一九九七年五月二十七日，《广西政协报》
第一版刊登了一则新闻，提到了黄姚群众在抗战
中救助美国飞行员的事情。

这件早被淡忘的旧事，立时引发了人们的兴
趣，有人找到当年熟悉或参与的老人，老人们听后
也激动起来，挥手比画着，纷纷讲说那难忘的一幕。

一九四四年农历七月十一，晚上十点多钟，黄
姚的上空突然出现一阵巨大的轰鸣。有人跑出了院
子，随即就听到十里坪那里发出一声强烈的撞击，
撞击的地方发出了光亮。

震耳欲聋的声音，把刚入睡的人们惊醒，他们
乘着月色向冒出火光的十里坪奔去。

美国飞虎队的第十四航空大队，到厦门执行轰炸日军舰队基地的任务，任务完成得很好，由此被日军盯上，返航途中，日军战机在北陀上空进行拦截，随即便有了一场十分激烈的空战。

美军飞机不是完全的战斗机，其中一架大型轰击机终是被敌机击中。机长紧急向指挥部报告情况，而后迅速冲出重围，向百色空军基地飞去。

因机体受伤严重，油料耗尽，飞机一直坚持到黄姚上空，迫降时能见度太低，一头撞落在金明寨与猪头岩之间的十里坪上。

机舱里共有十个美国人，其中七人提前跳伞，另外三位在飞机与地面撞击时牺牲。

十里坪距黄姚两里远近，人们很快就跑到了。到了才知是一架飞机失事，飞机尾部还在着火冒烟。

有人看到飞机标志，高声喊：是美国飞机，快帮忙！

老乡们四下里去寻找东西，有的扯断树枝、竹尾扑打，有的抓起泥土摔打，有的脱下衣服在水田里沾水灭火，还有管事儿的派人去告知当地政府。

晚上十二时许，韦瑞霖县长办公桌上的电话猛然响起急促的铃声。

这么晚了，一定有什么事情，韦县长一把抓起电话，就听到黄姚镇镇长莫承增报告说，那里坠落了一架飞机，当地百姓正在救援，好像是美军飞机。

黄姚距县城四十公里，飞机从东边坠落，很可能是美国友军飞虎队。韦瑞霖县长要莫承增马上到现场去组织救援，并及时向县政府汇报。

‖二‖

大火被扑灭了。人们从机舱里把三位牺牲的驾驶员抬出来，又搬出机枪、枪弹及一应器材。幸亏是没油了，飞机在猛烈的撞击下才没有发生爆炸，否则什么都找不到了。

莫承增镇长向县长报告情况后，带人打着旗帜，到十里坪附近搜索跳伞人员。最后将七位飞行员全部找到，领回了镇公所。

副镇长古柏臻略懂一点儿英语，连说带比画，与七位美国人有了愉快的沟通。

镇上竭尽全力，很快安排他们吃饭、休息，一切安顿停当，众人散去。第二天按照县政府指令，又将这七名跳伞人员护送到县政府。同时备办了三口棺木，把为中国人民抗战捐躯的飞行员安葬在了十里坪。县长韦瑞霖亲自撰

写了碑文，并用中、英两种文字刻石，以志纪念。

在县城，韦瑞霖组织各界人士欢迎七位美军士兵，场面搞得很隆重。当时正好有从桂林疏散到黄姚以及八步等地的各界名流。

日寇为打通中国大陆交通线，一九四四年进犯衡阳，直逼广西。八月，在桂林当局的安排下，文化人士何香凝、梁漱溟、陈劭先、欧阳予倩、千家驹、张锡昌、周匡人等疏散到昭平，韦瑞霖县长便与这些知名人士着手建立了昭平人民抗日自卫工作委员会，组织自卫武装。

韦瑞霖托请广西省政府社会处处长黎民为总招待，参加接待的有自卫委员会主任严端、副主任何海筹、顾问何香凝、政治部主任陈劭先、军事部主任李卓贤、宣传部主任欧阳予倩、经济部主任千家驹、秘书张锡昌以及陈此生、莫乃群、吕集义、徐寅初等人。还专门找来庇江学校英语教师当翻译。

韦瑞霖在招待会上代表昭平人民，表示了对美国飞行员不远万里来华参战、不畏牺牲的敬意。

之前韦县长就招待事宜征求大家意见，有人了解美国国情，并且去过飞虎队营地，所以晚宴后还举行了别开生面的舞会，以活跃气氛，营造友好氛围。

参加舞会的是欧阳予倩带来的广西省立艺术馆的年轻人，他们都有良好的舞蹈功底。七位飞行员惊喜万分，他们想不到能受到如此热情的款待，一个个向韦瑞霖县长及众人敬礼，感谢黄姚和昭平人民的救命之恩。

次日清晨，韦瑞霖安排好轿子和马匹护送七位飞行员到达蒙山县，从那里登上迎接的汽车，至柳州后，再转送到百色空军基地。

一九四六年一月，抗战胜利后，韦瑞霖调任广西平乐县县长。四月间，南京空军司令部派一名少校偕同两位美国空军人员到平乐找到韦瑞霖，说明欲将在黄姚坠机牺牲

的三名美军士兵遗骨运回美国。

韦瑞霖立即派员，跟随他们到黄姚镇协调此事，并帮助将三位飞行员遗骨取出，移交给美军。

黄姚那里，只留下了一块墓碑，成为一段历史的见证。


## ‖ 三 ‖


一九五八年大兴水利时，美国飞行员的墓碑被抬去修建水库工地。

到了一九八五年，县文化局和文物管理所获知此事，派员到黄姚镇寻找，真就找到了，于是将墓碑运回，作为珍贵的文物保存。

时隔五十多年，黄姚人还会说起救助美军飞行员的事。已经是广西政协副主席的韦瑞霖，也会想起这桩友情，总是向人们说起当年，并且缅怀那三位阵亡的壮士。

一天，韦主席收到了一封来信，一看是自己十分熟悉的地址。拆开来，里面竟是当年那块石碑的照片。这么多年过去，远去的历史又回来了。

一九九二年，广西电视台拍摄了四集大型文献电视片《桂林文化城》，将抗战以来广西军民和国际友人共同抗击日寇的历史重新搬上银幕，其中这块刻有中英文字的墓碑，向世人展示了在黄姚曾经发生的尘封半个世纪的故事。

这一年，美国的廖行健先生回南宁看望老朋友韦瑞霖。韦瑞霖拿出墓碑照片又说起当年，并流露出对七位飞行员的记挂之情。

廖先生十分感动，提出将照片带回美国去查询。廖行健先生定居美国五十多年，回去便动用关系多方联系，第二年便找到了七位飞行员中健在的三位。

这三位飞行员看到照片同样激动万分，他们得知当年搭救他们的县长还在世，并且一直记挂着他们，便发出了一封封"致救命恩人韦瑞霖先生"的书信，叙说当年情谊，表达感激之意。信的落款有"美国第 14 航空大队第 323 轰炸中队第 308 小队"的字样，还有该机组十名飞行员赴华参战前的合影照片。照片已经泛黄，但是显得十分亲切而珍贵。

一九九七年元月，原李宗仁秘书、上海市文史馆馆员梁立信给韦瑞霖来信，提到了一九九五年在老朋友这里见到过美国飞行员的信及相片，并且说近期中美人员会晤时，数次提及广西救助美国飞行员并移交遗骨之事，美方十分感谢。

这些事情在人们闲聊中被有关记者得知，于是便欣喜地追到了韦瑞霖先生家中。韦瑞霖先生说，实际上救命之恩应该记在黄姚百姓的身上，我只不过是当时的县长，具体操办了一些事情。是黄姚百姓那天晚上的积极行为，感染了我，让我这个当县长的做了后续的工作。

在黄姚，我看到了韦瑞霖先生为文明阁重写的楹联："春入水逾响，秋高山更清"，书法朴拙大气，同清幽雅致的黄姚韵致相照，亦与先生深远浩阔的气韵相通。

离报纸上的报道又过去了不少时光，一些老人已经过世。但黄姚人仍然会讲说着一段值得说道的往事。

那块碑刻，随着时间，在不断地释放着辉光。

〓 一 〓

　　走进古镇，几乎每一个经营黄姚特产的店铺门口，都能看到一个个大瓷盆，看到盆里各种各样做好的豆豉：风味豆豉、咸香豆豉、原味豆豉、辣酱豆豉、姜汁豆豉、蒜蓉豆豉……从跟前一过，一种特有的芳香扑面而来，不由得停下脚步。

　　店家此时一定要你随便尝尝这花样百出的美食精品。随意蘸起其中的一味，立时口齿生香，想找个烧饼或馒头大快朵颐。

　　豆豉的利用在南方十分广泛，而黄姚豆豉，早就名声在外。清朝时候，就是贡品。清乾隆二十四年（公元 1759 年）修纂的《昭平县志》载：豆豉为黄姚特产，远近驰名，他处制者远不及。

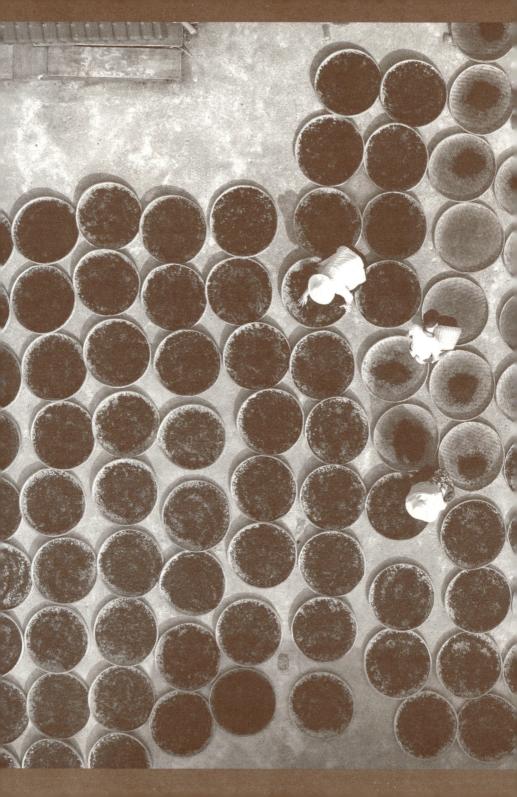

豆豉主要原料就是黑豆。《本草纲目》说："黑豆性平，作豉则温，既经蒸煮，能升能散，得葱则发汗，得盐则止吐，得酒则治风，得蒜能止血，炒熟能止汗。"如此多的好处，自然成为清代御厨的必选作料。

黄姚豆豉用料，所选都是黄姚特有的黑豆，并用仙井泉水和古老的手艺精制而成。颗粒均匀，鲜黑油润，香气浓郁，味道鲜美，属于中国国家地理标志产品，不仅为朝廷喜爱，民间需求也大。有人专门做二道贩子，贩运到很远的地方，甚至菲律宾、马来西亚、新加坡等南洋地区。一时间，带动了黄姚家庭式的民间作坊，家家都忙着做豆豉。镇上曾出现过"古怡盛""古信记""梁隆安"等一批老字号。

高士其在黄姚时，住在罗家华后院，罗家总是给他豆豉佐餐。他走上街头，也会看到家家都会制作豆豉，很快就喜欢上了这种美味，并且写出了《美味的黄姚豆豉有霉菌的一份功劳》，在《广西日报》（昭平版）发表，这篇文章对当地的影响很大，人们由此知道豆豉发酵的科学原理。

## ‖二‖

今天仍可见到黄姚豆豉的老字号招牌，其中就有坚持古法制作的"杨晋记"。

走进院子，看到一大片的箩盘，每个箩盘里都摊开着匀称的黑豆。那么大的箩盘，像一个个睡莲，睡在阳光里。有人还在往那里摆着，摆成一个好看的图案。

我见到了掌门人老杨。老杨叫杨谦荣，他正将黑豆盛在一个箩盘里，而后轻轻铺转着。有人跟着打下手。那么多的箩盘，那么多的黑豆，都要过一过手，也真够有耐心。

晾晒同样是制作豆豉的干燥环节，干燥后就可以保存了。阳光下的每一个黑豆，都在悄然地起变化，那种变化，只有它们自己知道。

老杨说，这是做豆豉第二道工序中的一环。第一道工序是蒸煮。要选取上等黑豆，放在大锅里，用柴火蒸煮四个小时。

我看到老屋外面堆放的柴火，一条条劈成的劈柴，摞在一起，一直摞成又高又厚的城堡。它们是完成豆豉美味的第一功臣。

灶火屋子里，烟雾弥漫，火的烟气、锅的烟气搅在一起，有一种热火朝天的感觉。

屋内有些黑暗，墙壁、房梁、檩条以及一应物件，都经过了烟熏火燎，或者说，都已久经沙场。似乎屋子里的人，也是这般。

我进入时一下子有些消受不了，但是人家却该干什么干什么，似乎这样，才符合豆豉的规范。

第二道工序是"上霉"，将一个个箩盘的黑豆，放入霉房里自然发酵八天，直到长出雪花般的霉菌。院子里的箩盘此时会摆在一个个格子里，每一个格子也有十层之高。这间霉房同灶房完全两样，里面灯火通明，且屋顶上边用檩条绷起了木板，豆豉进入了安详的环境之中。

第三道工序是搓洗，将发酵好的豆子在古井泉水中过一遍。我不大明白这一道工序的目的，好像仍是重要的一环。

搓洗完的豆子就成了豆豉的半成品。而后进入第四道工序，以桐油叶包裹，放入缸内，进行二次发酵，时间还是八天。

老杨说，这就是传统的古法制作，多少年来，家里都是这样传承。虽然坚持古法很慢，很累，产量也很低，可黄姚的传统技艺，就是靠这种恒心才得以传承。

黄姚的"杨晋记"豆豉到了杨谦荣这里，已经是第七代传人。后面还有继承者吗？有，老杨说，自己带的徒弟中，

不仅有儿子、女婿，还有其他外姓子弟，不论亲疏都可以在他身边共同学习。这也没有什么传男不传女的俗规。如今，他的女婿徐向前已经掌握了全套技艺，而且会继续发扬这种传统。

老杨说，过去，黄姚镇人林作楫嗜好豆豉，背着豆豉去江西上任，走一路吃一路，到了任上还是以豆豉佐餐，并且分给当地人品尝。当地便有了这样一首打油诗：县官爱豆豉，胜过辣子酱。一餐没有放，下饭总不香。光绪年间，湖南举人邓寅亮到黄姚游览，当地秀才林正甫热情接待，每日以豆豉佐餐，看他喜欢，走时还送了他一罐。千里一别，湖南人对豆豉留下了深刻印象。

老杨说，"杨晋记"的老字号，源于元末明初，清朝进贡朝廷的黄姚豆豉，就有杨家的产品。杨家鼎盛时期，梧州市整条牛皮巷都作为了"杨晋记"的豆豉仓库，广州沙面一带，也是杨家豆豉销往南洋的前沿门市。

Ⅲ 三 Ⅲ

那天清晨，我从郭家大院出来往右走，又看到一处做豆豉的地方。墙壁是干打垒的老墙，上面蓬着瓦。

一间间老屋尽头，便看到了一个场院，场院边上的棚子里，摞着整齐的箩盘，还有整齐的劈柴棒子。看来做豆豉的都要有一个可供晾晒的场院和相关的传统物件。

没有看到人，门却都开着。这样就看到了烧火的灶炉、蒸豆甑、洗豆池等，完成了职责，早已安静下来。它们是一个统一的整体，又是独立的个体。每一件物品的作用不同，却又具有相互的关联性。

豆豉作为黄姚人饭桌上不可或缺的美食，伴随着一辈又一辈的黄姚人。可以说每一个人的童年，都有着豆豉的回味。

人们来到黄姚，不仅品咂了古镇的别样风情，还会带走这种特制，以及以其做出的各种美食。他们觉得，带走了这种香味，也就带走了黄姚悠远的过往以及芳香的回忆。

〓 一 〓

　　早就听人说，黄姚南面的东潭岭，是拍日出的好去处。从岭上可以看到千山连绵、万峰竞秀的奇景，还可以鸟瞰黄姚古镇，以及从古镇流出来的河水。

　　随便转着的时候，问到了一辆私家车，司机姓杨，说他就是这里人，对这一带都熟悉，想看什么都行。我说要是去黄姚东潭岭看日出呢，老杨说，没问题呀，早点起来就行。

　　我们约好第二天早上见。商量时间的时候，老杨好心地说，要么还是早一点，来一次黄姚也不容易，别落遗憾。

　　最后定的时间是四点准时，这样他就得三点多

起来了。

后来知道，实际上他是可以再晚点儿出门的。他还交代，东潭岭虽然不高，但风还是不小的，而且早上的气温较低，长时间地等待或观赏日出，会很冷，要带上一件厚一点的衣服才好。如果没有，他的后备厢里有棉大衣。

我答应着，说有。心里很是温暖。

从黄姚古镇到东潭岭的距离约十二公里，也就十分钟左右车程，所花费用也不高。

老杨按时将我送到，我跟老杨说，你可以再回去睡一会儿。老杨却说要再等等，说不定还有人要车。

我走远了，身后竟然又传来老杨的高声：拍照时小心手机，别被碰掉了——

我笑着回答：知道，谢谢——

‖ 二 ‖

山上还是黑兮兮的一片，往远处看去，只是一片灰蒙，一片迷茫。

周围已经有了一些人，说不定有些彻夜在这里守候，看星空、观云海，最后看日出。那是一些年轻人，他们或是为了一种乐趣，或是为了一种约定。

这里的风还是有些凉，从哪里踅过来，并且在哪里发出了声音。我选了一处地方，这个地方有一处岩石遮挡。

也就在这个时候，发现熹微的辉光。

天空慢慢改变着颜色，这是一种天光吗？太阳还没有迹象，还在大地的另一面匆匆赶路。

早上光芒的再现，是多少天都会重复的景象。可还是不断有人来，看红日东升，也体会云遮雾障。人生就是这样，需要有点儿向往，有点儿辛劳，有点儿满足和遗憾。缺少了这些，或许心就真的冷了，变得茫然，不知所措。

看见一对小年轻，围着一个床单似的东西。两个人一人拽了一角，紧紧把自己裹在另一个人的身上，而低语和笑声从那里一点点传出。还有的两个人趴在一起或是团坐在那里，背靠着背取暖。更多的人不说话。他们只是那样坐着，微微地打盹儿。

这个时候会发现天光在一点点地变蓝，像深蓝色的湖。湖波在慢慢变化。一些云，一点点地加入这种蓝。往远处看的时候，远处竟出现了一丝的白。

无数的漓江山水的几何体，横着竖着全部在这个早晨在这个地方集合，让你放眼望去，看不到尽头。上上下下左左右右全是重重叠叠的起伏。如果把它想成一片汪洋，

那是世界上最为狂放的咆哮。

人们有些躁动起来。有人奔向更高的地方去。其实这里已经很开阔了。

有一些人还在步履匆匆地赶过来。

不少人架好了相机。有些是用手机，准备直播。有人借助微光在化妆，抹嘴唇。他们在等待着一个机会，同鲜红的日出一道，闪亮自己美好的一天。

光线越来越亮。云团越来越厚。深蓝色渐渐变成了淡蓝。

淡蓝中有了些许红颜色，这种红颜色，一定不是云彩自己生出来的。那是太阳。太阳的金光，一点点渗透在云团上，直把云团一片又一片地渲染。感觉整个云团都被染透。

太阳已经在云彩的后面出现，滚动的金轮，带出了一层浑蒙的光。有人欢呼起来，同时听到相机快门连续的揿动声。

红红的朝阳已经穿云破雾，高悬在真武山头。这时感到了太阳的力量，把万物浸染，改变了原有的本色。

远远望到了古镇苍幽的街巷，街巷里重重叠叠的瓦。望见袅袅的炊烟同缕缕薄雾融在一起，蜿蜒的溪水与柔曼的霞光结成了一道白练。

似乎听到了谁的叫喊，那叫喊一声长一声短，高高低低的，如天籁，成了这个黎明的画外音。

‖ 三 ‖

我后来在人群中发现了老杨，老杨跟着一对年轻人，年轻人穿着厚厚的棉大衣，正在摆着姿势让老杨拍照，老杨在左左右右地纠正着姿势，年轻人终于摆出了幸福而陶醉的感觉。而这个时候，一轮红日正好进入了两人手托的红心。

拍完了老杨让两个人看，女孩子激动得跳起来。老杨看到了，随即就让女孩子继续跳，女孩子干脆脱去了大衣，奋力地一次次高跳。

老杨则趴在那里，抓拍女孩子跳起的瞬间。女孩子看了照片越发高兴，就让男孩子也把大衣脱了，拉着男孩子一同起跳。两个人在老杨的镜头里尽情地撒欢。

我同时将三个人的姿态抓拍下来，尤其是老杨在地上的忘形姿势。

老杨终于看到了我，显得十分高兴，说想着就能看到，然后就问我冷不冷。他告诉我这是他的客户，他刚离开我，就第一时间接到了他们的约车信息。

得知两人都穿着单衣，老杨说正好我车里备的有大衣。他们听了很高兴，就一直联系着找到了老杨。他们是搭了早车专门来看日出的。

亏得遇到了热心的老杨，服务好，拍照技术也棒。

最后老杨拉着我们三人一同回黄姚。两个年轻人在后面亲热地说笑着。老杨说，唉，现在的年轻人可真幸福，想得开、看得开。

女孩听到了，说，有什么想不开的，该玩就玩，该乐就乐。今天不抓紧时间看日出，明天说不定就看不到了。

老杨说这姑娘说得太对了，昨天还下着雨，今天就有了日出，明天说不定又有雾了。老杨说，多云的天气来东潭岭也行啊，云海茫茫的，也是不错的。

男孩问老杨黄姚的客店哪家好，老杨推荐了几个，讲了利弊，有的在镇子里，有的在镇子外。

两人挑了一个镇子里面的，老杨就打去了电话，并且强调了优惠的事。最后说妥了，问两人意见。两人商量了一下，感到满意，就让老杨直接订了。

老杨说，我现在拉你们到镇子门口，早起还不卖门票，你们可以直接进去，想仔细看了，再买不迟。

女孩甜甜地道了感谢。

## ‖ 四 ‖

我想起老杨的故事，老杨还真的是变回了本来的老杨。

老杨原来不是开车的，他在镇子里做黄精生意，主要是倒卖黄姚和昭平的黄精。需要黄精的客户，有做酒的，有做药材的，由于他信誉好，生意做得很顺，早早赚了一笔钱。有了钱，老杨就跩起来了，在外面有了女人，还沉迷于赌场，最后几乎倾家荡产。

老婆一气之下，领着女儿走了。老杨最终落了个鸡飞蛋打。

我问过老杨，那个外边的女人呢？老杨说，嗨，都是逢场作戏，人家不图你的，跟你干吗？一看你变成个穷光蛋，连房子都给人家租不起了，还赖着你？早不见了人影。

老杨还说，你知道，其实到后来，我后悔的一件事是，她们到走的时候，我都没有带她们看过日出。如果她们能回来，我就先拉着她们来看一次日出。我会告诉她们，我天天都在看日出，天天看日出都是一个什么心情？唉，那真是一个好女人哪，真的是一个过日子的女人。你不知道。

老杨说他想起来就后悔，是真后悔。本来老婆孩子一家子好好的，老婆也贤惠，但是就是邪了门了，根本听不得老婆的话，赌输了钱，喝了酒还打老婆。老婆一走，那

女的也不见了，才真的傻了眼。人家说浪子回头金不换，现在是真的回头了，钱又挣下了，却是没有了早先的家的快乐与温暖。

我说你去她娘家找找啊。

老杨说，这女子跟自己的时候就是一个人，是在福建认识的，据说也是被拐骗的，后来跑掉了，认识了老杨，就跟着老杨来到了黄姚。那时黄姚还没怎么样，人家就一个心眼跟自己过日子。这赌气一走就好几年了，谁知道去了哪里？

老杨不断地上网，发自己的信息。他希望老婆能看到，跟自己说说话，那样就有希望了。可到现在音信全无。看着别人都是快快乐乐的，心里真的不是个滋味。

我开玩笑，说老杨你可以再找一个"小蜜"。

老杨说，唉，现在可知道了，人家跟你都是有目的的，只有你的老婆，才真的是跟你过日子。好女人难找啊！经过这件事我才知道，女人是不能随便沾的，色和赌，那就是一个黑洞，还是把钱稳稳当当攒起来、好好过日子是正经。不经一次事儿，你不知道生活是什么样子，经过了这个事儿，你就知道什么是你想要的，现在有人再叫我去打牌什么的，我说什么都不去了。说完老杨哈哈地笑。

老杨不是黄姚人，但是老杨不走的原因可能也在这里。

我说，放心吧，有话叫好事传千里，不定什么时候，你老婆就会听到你的事情，会像日出一样，在某个阴雨之后，猛然光照大地。

老杨说，我也是这么想啊，我经常去山上，看到一点点上升的太阳就想着好事情，也就有了好心情。你给咱写写，就算是打个广告，让我那口子快点回来。

老杨说着抹了一下胡子拉碴的下巴，咧着嘴笑了。随后扬扬手，一脚油门，车子出去了好远。

已经离开黄姚几年，再去黄姚看日出的时候，不知道还能不能遇到老杨。

这是个有故事有情怀有担当的人。

‖ 一 ‖

　　一九四五年元旦这天上午，欧阳予倩早早就带着省立艺术馆的职员来到古戏台，上上下下都打扫干净。而后站立其间，仔细打量起这座建于明嘉靖三年（1524 年）的建筑。

　　古香古色的戏台状如凉亭，为了让三面都可以看到台上的表演，专门设计成通透型。阁顶由前台的四根木柱支撑，天花板绘有色彩绚丽的"双凤奔月"图案，台基是方形大石围砌，地面铺设火砖。前台与后厢有屏墙相隔，正中镌有清代举人林作楫题书的"可以兴"三字横匾。两侧各有门，左门楣有"飞燕"二字和古松寿鹤图，右门楣是"惊鸿"二字和梅花鸟语图。四角放置数口大水缸，以增强

共鸣效果。开场敲锣打起，十里外都能听到。

一位老人对欧阳先生说，算下来到现在，这戏台快五百年了，几百年间，戏台可是没有闲着，当地的民间剧团，常会公演各类节目。每年农历三月初三宝珠观庙会，戏班要在台上连唱三天。清雍正末年与乾隆初年，是戏台全盛时期。人们经常集资邀请戏班，那个时候黄姚码头热闹，生意兴隆。桂林、平乐、钟山等地以及湖南的剧团，以到黄姚古戏台演出为荣。

老人说，只是百姓们还没有见过欧阳先生带班的新式演出。欧阳先生笑着说，今天老人家可以坐在最前面，好好看一场。

欧阳予倩指挥着在戏台正前方挂上了写有"庆祝元旦"字样的四个大红灯笼，将马门的"出将"和"入相"，换成了"抗战必胜""建国必成"的红纸，两边的对联也以"为光明而舞蹈，为自由而歌唱"的红联覆盖。

这一年是抗战胜利的一年，那个时候还不知道，但是"抗战必胜""建国必成"，已成为人们普遍的信念与共识。

一九四四年日军入侵广西，桂林沦陷，继而蒙山、平乐、钟山等昭平邻县相继沦陷，何香凝、欧阳予倩、高士其、梁漱溟、莫乃群、千家驹、徐寅初、周匡人、黄振东等大批爱国人士疏散到黄姚，使得黄姚人情绪高昂，时常有一

种优越感。

　　来到黄姚的电影公司，还在古戏台放映《八百壮士同守上海》《铁蹄下的人们》《日寇暴行录》等影片。黄姚没有电，放电影就用当地产的樟木油做燃料发电，电力微弱，樟木油也会发出呛人的味道。

黄姚人从未看过电影，他们新奇又兴奋，才不管片子有什么故障，樟木油散发什么味道。

　　前两天看到演出告示，今天又看到欧阳先生他们在戏台上忙，就确定了今晚有好戏上演。欧阳馆长平易近人，和黄姚的群众打成一片，人们对这个当时最有名气的大演员印象深刻。他带领的广西艺术馆的一帮子年轻人，也同样乐意亲近百姓，他们边学习边深入生活，还开办漫画、木刻、素描、风景写生展览。搞雕塑的老师蔡迪支为古有源的祖母塑了一尊像，百姓们都说雕得传神。

　　要演节目的消息，早就传遍了大街小巷、村南村北，还没到天黑，就有人带着长短不一的凳子来了。还有人翻山越岭，带着火把匆匆赶来。

　　‖ 二 ‖

　　一批文化名人，不仅带来了进步思想，传播了文化知识，还十分热心兴办文化事业，他们帮助黄姚人建起了自己的学校，组织起了各种识字班、演出队，还办起了报纸。

　　先说报纸。欧阳予倩除主持广西艺术馆的教学和宣传工作外，还建议在黄姚建立一个图书馆，供青少年阅读、学习。他的建议得到大家的拥护，一致推举他为黄姚图书馆负责人，欧阳予倩也义不容辞地负起这个责。他带着人选址，最终将图书馆设在仙山祠内。这里环境幽静，地方宽阔，很适宜读者看书和讨论。没有图书，欧阳予倩先拿出了自己的收藏，而后挑起了一副箩筐，与几位老师到各家各户去募集。

他们来到了高士其的住处，高士其看到欧阳馆长亲自出马为青少年创办图书馆，十分高兴，一次就捐了十几本外国名著译作。有高士其作榜样，其他社会名流也纷纷捐出了自己的珍藏。这些书籍都是他们不顾旅途辛劳，费尽千辛万苦带在身边的，因而都是十分宝贵的精神食粮。每收集一本，欧阳予倩都高兴不已，心生感激。

经过几天的辛劳，图书馆已经有了一千二百多本藏书，除古典文学书籍外，还有托尔斯泰、歌德、普希金等世界名人的译本，以及鲁迅、茅盾、巴金、郭沫若、艾思奇、邹韬奋等人的著作。

欧阳予倩高兴地亲笔题写了"黄姚图书馆"，牌子一挂，就正式对外开放了。在黄姚中学和小学的座谈会上，欧阳予倩说："我们青少年要多读书，读好书，书读得越多，越懂得国家大事，生活也就更加有意义。"

再说开办中学。抗战时期，昭平县仅有一所两年制的

国民中学，而且设在县城。黄姚镇和其他农村一样，不少高小毕业生无条件到县城去读书，家长们纷纷要求在黄姚办一所初级中学。他们派代表向欧阳馆长请求，欧阳予倩、千家驹和莫乃群认为这个意见很好，于是他们积极向昭平县办事处建议。

有这么多文化名人支持，县办事处即刻同意开办。一九四五年四月一日，"临江中学黄姚分校"正式成立，这就是黄姚中学的前身。大家推荐千家驹担任校长，欧阳予倩、秦宗汉、张锡昌、过长寿、云风等担任教师。校舍就设在宝珠观内。其中主座和宝珠观北侧的准提阁用作教室，附座用于办公兼起居室。千家驹亲自题写了校牌。

千家驹既要到广西工业合作社上班，又要到《广西日报》（昭平版）工作，还要过问中学管理，每周一都要总结上周的学习生活情况，讲国内国际时事。他教导学生要养成天天读书看报的习惯，关心国家前途和命运。周六下午，学校定期举办"青年讲座"，聘请欧阳予倩、张锡昌、莫乃群、徐寅初等社会名流、学者轮流主讲。

千家驹校长同时兼任语文老师。他的教学深入浅出、通俗易懂，既严肃认真又幽默风趣，课堂气氛十分活跃。有学生回忆，千校长批改的作业每一段都有眉批，后面还

213

有总评。因此每发作业，同学们都迅速翻看，带着极大兴趣一气读完所有评语。

他还和老师到学生家里串门，关心他们的生活。学校每周就时事、作文、英语、数学、音乐、书法进行一次专题比赛，给优胜者颁发奖品，学生们的积极性十分高涨。

再说办报的事。为宣传抗战，发动群众，欧阳予倩与千家驹、徐寅初、张锡昌、周匡人、莫乃群、陈劭先、胡仲持等《广西日报》（昭平版）报社社务委员商议，继续出版《广西日报》（昭平版），推动桂东敌后抗日民主运动的开展。

得到一致认同后，欧阳予倩就和广西日报社社长莫乃群，找到黄姚镇小学教师古祖良，请他帮忙在镇里找一处合适的房子，做印刷《广西日报》的工场。经过两天逐家逐户的查看，最后选定迎秀街麦咏宗家的一座青砖瓦房作为社址和排版印刷场地。

随即报社工作开始运转。报社编辑、经理等四个部门和印刷厂四十多人挤在一起，虽条件有限，却是愉快的。

一九四五年二月二十一日，《广西日报》（昭平版）正式与读者见面。除了在黄姚发放，他们还采取驿站的办法，以每二十公里为一站，派年轻力壮的信差，急行军接力挑运，保证每天下午三时左右送到周围繁华大镇售卖。这使得"昭平版"的销路在桂东南日益扩展。

作为《广西日报》（昭平版）迁到黄姚后的主要负责人欧阳予倩有一段这样的回忆："老实说，我们除了一两个人真正干过报馆工作，其余可以说都是外行，何以能把这个报办得不错呢？第一是大家意志纯洁，目标一致，行动一致，便造成了纯洁的空气。第二是情绪的和谐，因为作风民主，一切公开，所以和谐。第三是集体的精神，不要说大家的事，大家讨论，分工合作，就是一篇短文，有时候也大家来商量，谁都可以改谁的文章……所以说我们这十一个月的共同生活，是真正的精神合作。"

黄姚百姓的思想意识也在发生变化，一次，黄姚街和新寨村因山林纠纷，即将爆发一场械斗，家家都在捐钱买枪。听到消息后，千家驹和欧阳予倩自告奋勇，会同当地镇公所主任出面调解。

他们跑了很远的路，对双方进行说服工作，国难当头，团结为上才是。在他们的感召下，事件终于和平解决。为此，千家驹还撰写了《和为贵》一文在《广西日报》发表。

省城迁来的医护人员，也同样将自己的爱心奉献给当地的百姓，谁家有了病人，都会得到很好的治疗和照顾，而且他们经常宣传卫生常识，指导街巷的卫生防疫。

这样下来，黄姚人文化认知有了不小的提升，整体素养也有了很大提高。


## ‖三‖


古戏台已经布置得富有了时代气息，一场与众不同的全新节目就要上演。黄姚镇内的群众和离黄姚十几里的凤律、界塘、樟木和潮江等地的人也来了，戏台前面宽阔的广场都挤满了，有的干脆在场边搭起了高棚。

欧阳予倩再次赶到戏台的时候，看到戏台周围已经水泄不通。就笑着对省立艺术馆的演员说，大家都看到了，群众的期望值还是很高的嘛，我们要全力以赴，精心演好这台晚会！

为这场晚会，艺术馆全体人员加紧创作和排练，还组织黄姚珠江春剧社和黄姚中学的师生、妇女识字班的学员加入进来。

演出开始了。第一个节目是《新年大合唱》，台上台下，有近百人参与了这场合唱，那种阵势，可真的是让人提劲。百姓们不停地报以热烈的掌声。

后面有欧阳予倩以桂剧改编的京剧《辕门射戟》。惊心动魄的故事、演员逼真的表演和从没有听过的京剧，也牵动了观众的心弦。

欧阳予倩的女儿欧阳敬如是艺术馆的歌咏队员，她独唱了《卢沟桥问答》《放下你的鞭子》和《铁蹄下的歌女》。其清脆的嗓音和凄婉的歌声不时引发观众的共鸣。

敬如是个文艺青年，她很好地继承了父亲的爱好，她还参加了父亲排演的戏剧，在其中担任主角。她在这里认识了不少女同胞，跟她们打得火热。并且同艺术馆的同志办了一个妇女识字夜班，每晚教她们念书、唱歌。现在识字夜班已办了四个月，差不多有二百人参加了培训。

想不到这些从小生长在闭塞乡镇的女子，天真而富于热情，求知欲很高。只是她们的劳动十分繁重。黄姚的男人很少做粗工，劈柴、种田、耕地、担水等一切的重活都归女人去做。从田里或是山上回来，还要做针线、烧茶、煮饭，处理家中杂事，服侍长辈和丈夫。未嫁的姑娘还比较自由一些，一嫁人便可能走入悲苦的命运中。欧阳敬如为此感到不公平，她将调查到的情况写成《桂东妇女》一文，发表在《广西日报》（昭平版）上。她在文章中写道："许多落后农村和现在进步的大时代好像隔着一个世纪以上，因为这样而断送了不知多少聪明的妇女，埋没了多少有用的人才。"

说句后话，欧阳敬如后来嫁给了田汉的儿子田海男。

　　欧阳予倩与田汉都是戏剧大师，欧阳予倩比田汉出名早，社会上流传"南欧北梅"（南方的欧阳予倩，北方的梅兰芳）的时候，田汉还在读书。但是田汉很快就在戏剧界产生影响。一九二六年田汉创办南国社时，欧阳予倩给予大力支持。一九四〇年前后，田汉从湖南拖带家人到了广西桂林，生活异常窘迫。负责广西艺术学院的欧阳予倩知道情况后，拿出钱粮帮助田汉一家暂渡难关。一九四四年，欧阳予倩和田汉在刚落成的广西艺术馆合作主持了西南戏剧展览会。可惜不久，广西艺术馆在战火中变成了一堆废墟。一九四五年日本投降后，欧阳予倩回到桂林，又在瓦砾堆里把艺术馆重建起来。

　　欧阳予倩和田汉主持的广西艺术馆实验剧团和桂林的新中国剧社是演出的骨干力量。长期的爱好和友谊促成了两家的亲密关系。一九五〇年，欧阳予倩的女儿和田汉的儿子成婚，他们的证婚人是周恩来总理。

　　我看到一张照片，两位新人站在中间，两边分别站着周恩来与邓颖超。后来又看到了一篇回忆文字，是田汉的孙子欧阳维写的："二〇一九年是我的外公欧阳予倩诞辰一百三十周年。我的母亲欧阳敬如是欧阳予倩的独女，而我的父亲田申是田汉的长子。欧阳家跟田家有一个约定：

如果我父母有两个儿子，其中一个要姓欧阳，这样我就随了妈妈的姓。我和哥哥姐姐从小在外公家长大。从我父母的婚姻，也可看出外公欧阳予倩和爷爷田汉的关系。"

‖ 四 ‖

宝珠观在姚江、珠江汇合处，三面临水，十分壮观。旁有古榕数株，蔽天掩日。下有拱桥，桥头建有佐龙祠一座，气象盎然。宝珠观的左侧便是著名的黄姚古戏台。伫立台前，仍然有锣鼓的声响以及婉转的音腔悠悠传来。

在台前看到几位老人，同他们聊起来，一位老人说，可不是，那个时候，黄姚接纳过不少名人，这些背街老巷，每一条都藏着不少故事。

在古镇里看到了吴氏宗祠，门边嵌着"广西省艺术馆旧址"的牌子。这座宗祠占地五百多平方米，三间两进，后座为祖堂所在。吴氏宗祠也是黄姚壁画较多的一座建筑。一九四四年秋，欧阳予倩率广西艺术馆疏散到黄姚时，与现代知名画家蔡迪之、易琼等人以吴氏宗祠为工作室，并在此开课培训、宣传抗日。

我轻易地找到了欧阳予倩的寓所，一座普通的两层小楼。现在的牌匾是"越泰精品"。门窗都还是老旧木板，没有上漆。门下方有些破损，用铁皮进行了包装，铁皮现在也锈迹斑斑。想到欧阳予倩的回忆文章："我一家和广西艺术馆一批人沿漓江东下，到了昭平县。不久，昭平的邻县蒙山陷敌，昭平危在旦夕，我们又翻山越岭，向东退到昭平、贺县之间的一个小村镇——黄姚。"

我还找到了坐落于黄姚镇东南天马山西麓的文明阁，这阁的地理位置选得实在是好，左有斜山关护，右有螺峰作屏，后倚万象天马，前迎九曲姚江。此阁始建于明万历年间，主祀文昌帝，从祀关圣公。阁内历代名人诗刻颇多，有唐宋八大家之一韩愈题书的"鸢飞鱼跃"，有清代太史刘宗标题书的"小西湖"。重要的是，这个雅致幽静、开阔豁朗的所在，抗日战争后期，曾是广西省立医院的驻地。想那些白衣使者，闲时步入山顶，登高极目，将古刹宝亭、东门古榕等黄姚景象尽收眼底，也是极为畅怀的。

抗战到了关键节点时，黄姚接纳了无数来自省内各界的人员和机构，多少年后，那些人员或他们的后人来黄姚寻根，看到宝珠观、古戏台等处，就激动万分，随即手机里就有了话语。千家驹离开昭

平后，多次写信询问学校的办学情况，一九八二年他应邀重题"昭平县黄姚中学"，一九八六年又回了一次黄姚故地。

可以说，黄姚虽远，在这些人的心目中，却是一个割舍不去的永远。他们宝贵的青春，他们难忘的经历，都在这永远的怀念里、永远的温暖中。

而黄姚也没有忘记那些为黄姚做出过贡献的人，黄姚一点点保留下他们的一切，等待着他们和他们的后人，等待着怀念或向往黄姚的人。

## 十四 朝暮黄姚

来到黄姚已经是黄昏，吃完饭天就黑了。几个人忍不住要夜游古镇，于是一群影子，摇摇晃晃地印在了月光里。

第二天天刚亮，开门出来，再一头扎进古镇里去。

黄姚依山靠水，随形就势，没有正路，也没有大门，完全一派自由取舍。顺一道小门进来，就显出了气象，姚江在这里分出层次，让一部分水从镇子绕一圈再出来。黄姚的名字大致与此有关。

高大而开阔的榕树从水中长起，让你想到迎客松，但比迎客松显现得更有故乡情味。沿着这水这树绕了半圈，还不舍地回头。

而后就是山石踏步，山石围墙，而后一处高高石阶，再一个石拱小门，就是黄姚的第二道关口。小门着实不大，多少岁月走过，没有变化。石头拱卫的门里，有挡门装置，只要将门关严，就将一个镇子关严。

　　一个环卫女工，肩着装满一应物什的大包，朝巷口走去。一个骑摩托车的，带着刚进的货，轰响着油门，猛然冲上高高的石阶。

　　和一位同道进到镇里来，还是不知怎么走，天黑和天亮的感觉完全不同。

　　转了两道巷子，人都不多，有的刚刚打开店门，不是营业，是为了出来。

　　顺着一条窄巷走去，里面支着棍子的地方，竟然标示着"危险"，抬头看到残缺的屋瓦和歪斜的墙壁。还有些老屋，门口落锁，台阶已经有了青苔。

　　偌大一个古镇，必然存在着各种形态，而这种天然的形态，才显真实。陌生感只是暂时的，随之而来的，是那种怀旧的亲切感。

　　转出来的时候，更多的门响起来。一条狗从哪里慢悠悠出来，巷口一卧，不叫也不动，我们走过的时候，连眼睛都没睁，它似乎习惯了这样的早晨。

## ‖ 二 ‖

一会儿转到一家院子，进来就觉得头一天晚上到过，因为记住了名字：郭家大院。倒是没有感觉院子有多么大，一条巷弄，包含了两边的房屋，最里面有两个圆形门，前面的叫"太阳门"，后面的是"月亮门"。出了月亮门不远，就到了另一个天地。

靠着月亮门，有一个小店，不注意很容易错过，门脸不大，也没有什么刻意的装饰。只是门头的墙上，开出一些淡紫的小花。

我对着这些小花拍照时，看到了这个偏开的小门。

里面一位大嫂，正蹲着吃早点。看着眼熟，原来刚才走进郭家大院，正有一位大嫂提了家什从院子出去，还以为是郭家什么人去买早点。

她看到我们站在门口，就笑着站起来说：进来看看？这么早，我们肯定是首拨顾客。

这才看到小店的名字：花漾年华。这是一个卖小玩意儿的店，多是年轻人喜欢的，比如精致的杯子、碟子、手工制作的本子、明信片、工艺笔、美发卡之类，但是古镇里这种东西太多，也就不显眼，不如前面看到的那些店铺。店名也无大别处。

是她自己开的？她竟然说是儿子开的。女儿还说得过去，儿子开这么一个小店？做妈妈的有什么办法，儿子还没有女朋友，自己跑到黄姚来，喜欢上了，就在这里盘下了一个店，再不回去。妈妈只得来陪儿子，后来爸爸也来了，当然也都喜欢上了这里，就与儿子一同打理。爸爸这些天有事回去了。家在湖北，而这里是广西，还不近。

我想说，这不大是个出路，应该让儿子闯荡得再大些，还应该让儿子赶紧找个对象。实际上当妈妈的，心里什么都清楚。

同伴心细，挑了一个手工的本子，我也去挑了一个。

大嫂很高兴，这么早就开张了。就要再送两张明信片，明信片也是写意作品，于是就接受了她的好意，各自挑了。她又拿过一个纸袋装好，牛皮纸袋也是特制，看得出其间的精心。

我说门口最好再搞点花样，要么不大引人注意。她说也是，来的人不多。

我说商品的花样还可以再多些，想法做些推广。她说也时常帮着儿子在网上推，并不停地感谢我们的好意。看得出，这是一个有着良好修养的大嫂。

这个时候，一个瘦瘦高高的男孩子出现了，但是并没有进到小店里来，只在门口晃了一下就去洗刷。妈妈已经打好了早餐，打开了店门，等着儿子。

刚走下郭家大院的台阶，门台外上来一位老人，他上身着咖色衬衫，下身穿深绿长布短裤，下巴缀一撮洁白山羊短胡，早晨的光柔和地披在他的身上。

我立刻用手机抓拍。

这个悄悄的动作，却被老人发现了，他一脸严肃，歪着头说，你们觉得好吗？

好好，好着呢。我紧忙说。

觉得好就好，不好就再来一下。

哦，还有这么知道配合的老爷子。我们都笑了。

这片宅子都是我家的。他手指一划。你是说郭家大院吗？是呀，我就姓郭，郭家大院的老郭。

哦，有些意思了。就又忙着给他拍照，他还耸耸肩，故作放松。我不知道他向游客故意地表明自己是什么意思，但是看出他表明后很满足。

后来在一个指示牌上，看到了郭家大院的介绍，还真是值得一说，它始建于清朝道光年间，已有一百八十多年的历史。

## ‖ 三 ‖

第二天早上再次穿过郭家大院，就特别留意起来。这郭家大院连通着前后两道街巷，从前面的巷子穿过大院，就到了后面更加宽敞的区域。那些区域有好几个祠堂，还有水塘和姚江。不从这里走也可以，但是要绕路。这回似乎看明白点儿，这大院子两边的房屋，以前或是连通着其他院子，大概是分家分的，孩子多了，大了，就分开了。

我们来到最大的一个大屋门口，看着开着门，往里望去，老郭还真的在里面，我们就等他出来。

他在那里不知道忙着什么，摸摸这里收收那里的，出来时我们就叫了一声"老郭"，奇怪的是，此老郭与彼老郭的脸形、胖瘦、高低都一样，只是没有了那撮白胡子。

他说你们找谁，我说你是姓郭吗，他说是啊。我说可是那个老郭……哦，他说那是他哥哥，他叫天合，他哥哥叫天作。我们笑了，说你要是也有胡子，就真的是一个人了。他说他哥哥去弹琴了。弹琴? 是呀，他每天早上不是去弹琴就是唱歌的，你们去找他吧，就在塘边。

我们笑着走了出去。还真的听到了琴声。顺着塘边一条小路，竟然走到了水塘的另一边。这时才发现，那声音来自对面。琴声是一些老曲子，多是老歌，有人在跟着唱。

朝那里望去，弹唱的被其他人挡住。不少人聚在塘边，晨练的，闲逛的，吊嗓子的，钓鱼的，洗衣的。

哪家临水的阳台上，挤着一群学生娃，鸟儿样叽喳，一忽那群鸟下来，个个背着画板，提着小匣。

问一个女孩，说是来自广东惠州，要在这里住好多天。旁边的一个说，他们学校每年都组织学生来画画。

一会儿工夫，这些孩子就各自找到了自己的位置，支起了画板。青春韶光，同古老的黄姚化在了一起。

我们绕到一个泉池旁边，下面的大石块方着一池子活水。几个女人正在噼噼啪啪地洗衣，嘴也没有闲着，边洗边说笑。水流得很快，因而总是清清亮亮。我对着这个画面照了一张相。一个女子就笑了，说我们可不是风景呦。

这个时候看到了老郭，他就在左边的亭廊里，正与一个人告别。那个人手里提着一架包在袋子里的电子琴。老郭看我们看他，也撅着山羊胡子看我们，而后手一指，笑了说，哦，我们见过。

我说，刚才在郭家大院，我们去找你，却遇上了你弟弟。他说，怎么不来这里找，我每天都在这里的。好像他在跟熟人说话，并不以为我们是新来的游客。

他还在说着，你们要早来一会儿，就听到我唱歌了。我说刚才是你唱的，老郭说是呀，我是边弹边唱的，那个人让我帮他试试琴。

想不到老郭还有这本事，就站着同老郭聊起来。

老郭其实并不老，六十八岁。那撮山羊胡子帮了他，

让他成了德高望重的老郭。老郭说我身体好着呢，整天没什么事，吃得好，睡得香。

看着这老郭，感觉不像长期在镇子里待着的。他就说了，你知道吗？我是见过世面的，我十八岁修铁路，枝柳铁路，知道吗？就是枝城到柳州的铁路。我说那很远呢。是呀，回来还做过话梅厂的厂长，话梅厂？是呀，镇上的。

老郭说，我是一个闲不住的人，我会组织大家唱歌呀，跳舞呀，快乐地工作和生活。

老郭在我的感觉里变样了，这确乎不是那种坐在太师椅上捧着水烟袋的郭家老大。

临别的时候老郭还在说着，你们明天还来吗？来得早一点，听我弹弹琴。不过现在我肚子闹革命了，先回了。

说完他离去了，走了几步，却又回头，将小胡子扬了扬，扬起一早晨的快乐。

我们接着走，拐了几拐，到了升平门那里，就知道路了。

我忽然想起，升平门旁边的一个小店，里面有一个女孩的。

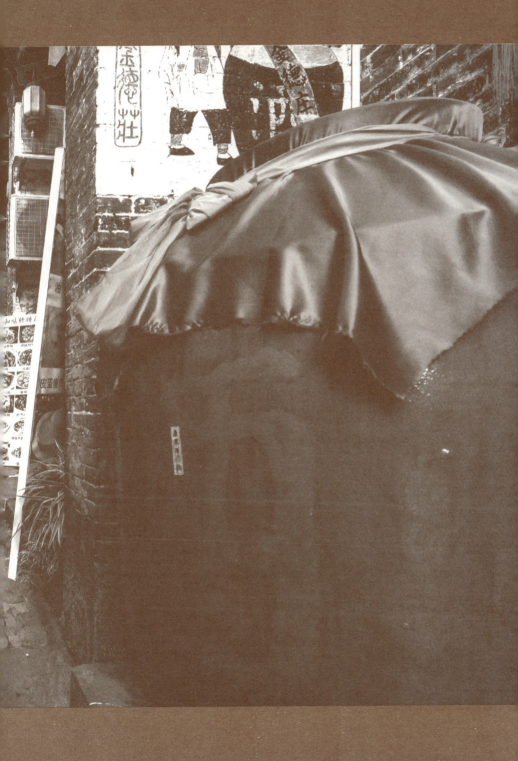

那是去年，在黄姚转的时候，突然下起了雨，紧走慢走，走到这里雨还是大起来。我们没有带伞，就近躲在小店的门口，雨瞬间将石阶打湿。

这时一个女孩子在里面说，进来吧，门口会淋着的。

这才发现这是一家带有文化意味的小店，里面有各种各样的旧物，书籍、唱片、徽章、相机、台灯、收音机等，还真的拽人眼睛。有人就忍不住拿起来看，问价钱，女孩就很认真地回答。

现在记不起女孩的样子，好像女孩个子不高，一头短发。

看店的是两个人，那一个比女孩大些，在柜台后面捧着一本书，不大抬头。我们中的一个就问看的什么，大些的女孩抬起头说，一本写周庄的。我就看到了，那是我前些年写的。

就有人说了，你知道这本书是谁写的吗，就是这位呀。这时站在外边的女孩惊讶了，说真的吗，这么巧！我去过周庄，这是我在那里买的呢。

聊起来，知道她是刚来的，本来是来游玩，到了这里就喜欢上了，正好这家小店招人。反正一个人，在哪里都一样，小店还包吃住，加上所售也是自己所爱。

女孩很健谈，也很明朗。雨还在下着，甚至响起了噼噼啪啪的声响。

再说下去，女孩的眼圈就红了，因为有人问到了她个人的事。

到这里一开眼，心情早好了，那只旧鞋子，谁愿意拾谁拾。她说。

问她准备在这里待多久，女孩说没考虑，在这里感觉挺好的。

那个大姐就说了，你可不能走，你走我也不待了。原以为那个大姐是店主，她们说店主轻易不来，把一切很放心地交给两人打理，也正是这一点，两个人才觉得自由无拘。

女孩还说了句玩笑话，说越是这种地方，越容易有奇缘。说话时有人买了一个精致的影集，有人买了两本旧书。

雨终于小了，我们告别出来，女孩又拉上那个姐姐，同我们照了一张相。并说，什么时候你们再来，还来我们这里坐。

一年了，女孩还在吗？

我是突然有了一种念头，想介绍她同那个"花漾年华"的男孩认识，男孩的爸妈也在这里，他们应该是一路人。

这么想着的时候，就想起了女孩的样子，她有着一双水水的眼睛。

现在有些早，这家小店还没有开门，我想先回去吃饭，有时间再进镇里来。

小学生开始背着书包上学了。卖早点的婆婆，在巷子口支起了摊子。

阳光已经照到了石板路上，更多的店门打开了，一些芳香的味道从那里传来。整条街巷氤氲着欢快的色调。

‖ 一 ‖

不知从何时起，黄姚被赋予了"美食打卡地"的美誉。

黄姚的打油茶，让人想到民间的打油诗。那味道一样呢，都带有一种朴实无华，带有着一种幽默自然。

黄姚的油茶，同中原的油茶完全不同。中原的油茶主要是花生、大豆、炒面、芝麻的组合，起一种饭食的作用。黄姚的油茶，则满足肠胃的另一种需求。其成分有茶叶、老姜、绿豆，甚至还有辣椒、蒜片和炒米。

那是潇贺古道的风情，有着岭南独有的味道。

第一次吃油茶，以为上错了，如何一碗稀稀的

黄汤？完全不是中原那种浓稠的糊糊。但人家说就是这个，这就是有名的黄姚特产啊！

一勺入口，味道竟是那般奇妙。

还有，几乎每个卖特产的小店都经营一种合成的块糖，说是黄姚特产，一方方的，味道有点甜，还有点辣。有散装也有盒装，都不贵。

买一点回到住处，用水冲开，一股浓郁的味道随即蔓延开来，喝上一口，舒心爽胃。

看看原料，桂圆、枸杞、红糖配制而成，工序倒不复杂。但见游客大包小包地往回带，可能也像我一样，没有见过，也没有尝过，回去图个稀罕。

店家说，这种糖，对于体质弱的人好，产妇喝了有助于恢复，就如驴皮胶一样，只是比驴皮胶便宜多了。

还有一样随处可以买到的话梅，也是个个小店都有，味道也是很正宗，比平常在超市买的新鲜，带有一种原始的感觉。


‖二‖


黄姚的酒，味道绝对不含糊，那就是黄精酒。

黄姚四周，群山起伏，河谷深切，适宜于黄精及各类作物生长，为黄精酒的酿制提供了充足的原料来源。

看到一个个蒙着红布的青花瓷瓶排列在那里，像身穿兰花布头戴红巾的村姑，朴素而大方地迎接八方来客。还有的是大的红色瓷罐，蒙着白纱布，一排排摆在那里，很有一种气势。

就想了，无论打开哪一坛，都会芳香袭人。

门口坐着的老人听我是中原的，便说黄姚先辈就是从中原南迁而来，他们把内地古法酿酒工艺也带上了，利用这里的野生黄精，加上优质米酒和红枣，泡制成黄精酒。因而黄姚的黄精酒金黄剔透，口感甘甜，醇厚顺滑，是昭平"三宝"之一。

老人还说，明代有位无暇禅师，在黄姚宝珠观修炼时，常年饮用黄精酒，结果活了一百二十岁。到了清代，黄姚黄精酒已经成了贡品。

老人说着递给我一个册页，原来精明的黄姚人已经印成了精致的说明：以陈年的米香型多粮酒为基酒，精选九蒸九晒的黄精为主要原料做成的黄精酒，蕴含有氨基酸、生物碱、维生素、强心苷等人体所需微量元素及营养成分，有良好的滋补养生作用。

老人说，慈禧太后当时只是听闻黄姚的黄精酒有美颜

滋养功效，而不知道还有更多的好处，就特别青睐这远自千里的特贡。

我闹不准老人说的真假，但是有一点可以确信，黄姚的黄精酒，确实是有些历史和名气。而且二〇一六年，国家质检总局批准对"黄姚黄精酒"实施地理标志产品保护。

现在很多地方都产黄精，并且以黄精泡酒也成为普遍现象，当年的皇室贡品已走入了寻常百姓家。

只是黄姚的黄精酒仍有很大的市场，这里几乎家家户户都能炮制出上乘的黄精酒。每年的收获季节，人们便以黄精酒互相馈赠，共同品尝，以庆丰收。凡是来了客人，也会拿出家里的珍藏，以示隆重。

打开瓷罐的一刻，一阵浓郁的香味便扑面而来，让人感觉温馨异常。

不仅如此，古镇早在十年前，就举办"斗酒节"。邻近省份及远在东北的客人齐聚黄姚，千人举杯，行各地酒令，可真是热闹异常。

老人说，黄精，既是野菜亦是药材。镇上的老中医都说黄精根含有多种营养，生吃熟炖都行，脾胃虚弱、体倦乏力、口干食少、精血不足的病症一喝就见效，还可以治肺结核、癣菌病。我听了就笑了，老人也快成了半个郎中。

老人姓杜，他说，老杜家的野生黄精，可是代代相传。

老杜接着讲起了黄精酒的制作过程。

将黄姚本地生长三年以上的黄精，洗净置于镬中，以黄姚的水烹，然后捞起晒干，再用木甑蒸。经九蒸九晒，再浸泡于黄姚产的米酒中四个月。然后澄清过滤，放置土坛窖藏。

这种工序，可真费功夫。

后来见到了黄精，它的根茎一头粗一头细，粗的一头有分枝，开出不多的类似伞状的小花。

‖ 三 ‖

黄姚豆豉已经广为人知，殊不知黄姚豆腐也是别具风味。到了黄姚你才会知道它的名气。

黄姚豆腐的制作程序没有什么大的差别，同样是浸豆、磨浆、滤渣、煮熬、冷却等一系列传统工序。但还是会有人吃出不一样的味道。这样，就要好好研究一番了。

首先是原料，黄豆必然是精选新鲜的颗粒饱满的好豆，磨浆时要精研慢磨，渣要过滤干净，煮熬要用干柴慢火，专人烧灶。水也是关键一项，用的是本地石山溶洞流出来的优质水。

还有关键一点，就是不放任何非传统制作的添加剂。黄姚人说，这样虽然出的豆腐量小，但制作的豆腐却细腻鲜嫩、沉实爽滑。取一块在手，悠悠颤颤，却不易破碎，更不易出水。

我在老古的豆腐坊看时，老古顺手抄起一块刚刚做好的豆腐递给我，让我尝尝。那豆腐还热乎乎地冒着热气。

这就能吃？老古说，当然可以吃。一口下去，真正的豆腐的味道立时释放出来。这是我多日没有尝过的味道。

后来再吃经过烹饪的豆腐，更是另一种感觉。

来黄姚的游客也可能事先知道，也可能来了才知道，总之是每餐必点黄姚豆腐，这当是一大口福。

黄姚豆腐炖酸菜，也是不错的一道美味。你从巷子里过，总能闻到这种味道，这种味道发散着黄姚的传统。

黄姚人做豆腐是一绝，还有一绝就是用豆腐制成豆腐干、豆腐酿。豆腐干我知道，豆腐酿却是第一次听说。

原来豆腐酿就像一个个的小包子，里面有馅，尝一口，味道也是让人意外。

先是把豆腐块充分揉碎，再放入剁碎的猪肉或其他，拌上作料，捏成一个个小豆腐包。然后放在烧滚的油镬中煎炸，待半熟捞起，沥干控油后，再次入镬，淋上豆豉用水焖熟。

这就是豆腐酿，绝对色香味俱佳。

那天早起，我在镇子里闲逛，还没有什么人，店家也大都没有营业。顺着巷子往里走，走过欧阳予倩故居不远，就有一位老人在卖早点。

还真有人光顾，那是在这里写生的几个女孩，围着老人的小摊子或蹲或站。我知道，她们一定是被摊子上的小吃迷住了。

摊子上就有一个小火炉，火炉上的油镬里就煎着诱人的豆腐酿。

女孩们已经在这里住了几天，每天一大早都会来这里吃婆婆的小吃。吃完就在不远处画画，那些画架子，就支在一户老宅前。

关于黄姚豆豉，我已专门说过，这里就先打住了。

黄姚早在两百年前就很热闹，这里是水陆交通要道，是商家必到之地，所以这里见识广，接受的也多。多少年的传续，留下了无数经典美食，你来了，住上几天，慢慢品吧。

≡≡ 一 ≡≡

　　时间已经很晚了，我又走进了黄姚的古街，很
多的店铺都在打烊。一个店铺里还亮着灯，这个店
铺离黄姚的入口不远，店铺里没有大人，只有一个
孩子，在那里写作业。

　　小店范围不大，就一间店面。简单与简陋，让
人一目了然。

　　店面却是整理得很干净，转圈一排货架，每个
格子都放着瓶瓶罐罐，这在其他店铺也能见到，看
来是从哪里批发过来的。黄姚游客多，只要是黄姚
特产，喜欢，价钱合适，或多或少带回去都是一份
心情，也都是一份心意。

　　店里的灯光，还算是温馨的，红红黄黄的，不

太明亮，这种不太明亮的灯光对于孩子的学习，不大合适。店面外的招牌，打着两支射灯，招牌式的木板上，写了几个很平常的字，其余的墙面，都是那种老旧的灰砖，让人觉出这个小店同其他的小店，没有什么特别之处。

一个放东西的纸箱子，摞在另一个箱子的上面，孩子趴在纸箱子上，高度不够，写得很费劲。问她上几年级，回答说二年级。都快十一点了，怎么还在这里写作业？她说妈妈在这里。

一会儿，从斜对面的一个小店里，跑过来一个女子，热情地打招呼，以为我要买什么东西。

我说这么晚了，怎么还不关门？她说万一有客人来呢，比如像你这样的客人来了，关了门，不就买不着东西了吗？我明白了，她是在拖时间，为了增加点营业额，或者说为黄姚的夜晚增加一点光亮，或者说让外来的人感觉到黄姚的亲切。

我说你不休息，孩子也要休息，而且孩子明天还要上学，经常晚睡会影响孩子的精力和身体。

她感到了我的善意，不住地点头，说确实是这样，可这是一个解决不了的矛盾问题，如果早早地带孩子回去，就影响了店铺的经营，为了经营就会影响孩子的休息。

我说没有别人来照顾吗，她说她姨在斜对面，但是两个人开了两个店，没有办法顾及孩子。

我说：你没有听人说过吗？这样的孩子每天应该休息十个小时，第二天精力才会集中，而且孩子的发育才会正常。她说知道，这些都知道的，可是没有办法呀。

这个时候她又去跟这个孩子说话，说你看你到现在作业还没有做完，你要拖到几点？这个叔叔走了，妈妈就要关门了，可是关门了你还没有写完作业，明天你让老师批评你吗？

她似乎理由很充分，其实我觉得，可能是由于孩子太疲惫了。孩子已经习惯了这种拖沓，也就影响了写作业的积极性。

小店的布置还是挺用心的，窗前一缕花草趴在窗户上，放出油绿的光，这是在晚间，如果是早上，或许会开出一两朵小花。游客看见植物再看见窗子和店门，就会有一种感觉，随着这种感觉走进来，是店主人热情的笑，以及那个写字的孩子。那个孩子或许成了人们关注的对象，人们会产生某种怜惜，怜惜过后会买些什么物品也未可知。

时间长了也就形成了一种惯性，或者说惰性，这样一来，势必要影响孩子的成绩。

我问孩子学习在班上怎么样？她妈妈说中不溜，排不到前面去。但是无论怎么说，妈妈都是笑着的，似乎并不

在意这些。从她的表情来看，她还是挺满足于现状的。

我问奶奶或者姥姥在家吗，她说奶奶和姥姥年岁都大了，而且也教不了她什么，孩子有时候作业写不下去，会问的。

我说这些你都会解决吗，她说还行吧，起码自己上到高中毕业。而后又笑了，说有时候也会为难，于是就去问她小姨，小姨是知道的。

这样说来，带孩子来店里做作业也是一个缘由了。


‖二‖


她告诉我，她就是这个黄姚镇上的人，从小在这里长大。

以前，高中毕业后，是出去打工的。出去得很远，到广州，在一个服装厂里做服装。

厂子是封闭型的，老板要将大门锁上，一个是为了安全，另外也是一种管理模式。所以职工们一天到晚，吃饭睡觉上班，都在笼子里一样。

虽然挣得了一些收入，但是心情并不是很快乐，总是想家，晚上会偷偷地哭，觉得自己就像一个工具。有时还会被老板吵嚷，受工长训斥。为了升职，自己要不断努力。升职是为了增加点儿收入，但是确实是在拼命。拼命做好每一件服装，每一次定量。并且争取超额完成，这样会有一些奖金。多少年过去了，收入寄回家来。有的人高兴了，自己却高兴不起来。

怀孩子养孩子的一两年，她觉得还是快乐的。因为她不必再出去了，她就在这个熟悉的镇子里走来走去，看到熟悉的小姐妹也会聊聊天，打打招呼。

孩子半岁时，她又被家里的人催了出去。跟着另外的小姐妹，去福建的鞋厂做鞋子，后来又做包包，做那些皮具箱包。

她觉得每天闻到那些味道都有些受不了，长期的头晕、眼花。还患上了胃病，不能好好地吃饭。

终于到了年底，她能回到镇上看一看孩子。

孩子已经不认妈妈，她抱着孩子就掉泪了。她说自己的命很苦，什么罪都受过，什么苦都尝过，有些事情都不愿去想。

孩子一年级的时候，她就把这个小店开起来了，也就刚刚一年。

我看到她店里的黄姚特产，也就是姜糖一类，虽然各个店里都有卖，但是游客随便进到哪个店，都会买一些，

她也就有了收入。收入虽然不是太多，除了房租也能顾住自己的生活，她还是很满意的。

最满意的是能够守在孩子的身边，天天见到女儿。我

问她还准备要二胎吗，她一下子沉默了，然后说，一个就够了，还要啥。

桌子角上有一根香蕉，好像已经膨胀。过了一段时间，放香蕉的地方已经变成了三片香蕉皮，可能入了孩子的肚子。

我说你还是要想想办法，每天要让孩子早一点休息，不能让她长期地在店里跟着你，而且进来出去的客人会影响孩子。

她说是的，她在想这个问题。她说如果生意好了会雇一个人，那样就可以领着孩子早一点回家。现在还在创业当中，所以还不敢想这个问题。

聊得熟悉了，她竟然知道我在这镇子上住着，时常走来走去，并且说好像见过我，总是很晚了还在转悠。

后来我便问了她的老公在做什么，只是顺嘴一说。

她却突然不作声了。似乎那个人离她很远，在一片烟雾中。

过了一会儿，她吐出一声咳，似乎把什么都说清了。而我还是不知道。

女孩儿说，你问我爸吗？他死了。

她说的"死"的声音，似乎并不带有一种伤感或者是怀念。她说得那么坦然，似乎那个"死"跟"走"，没有什么区别。

我想也许在孩子很小的时候,这个结论性的话语就传递给了孩子。

我没有再问。


‖三‖


我走的时候,去架子上随手拿了几件物品,有些是双份。

她说你要这么多干什么,我说我的亲戚多。她很高兴,跟我说现在是活动价,这个给你优惠一点。

我说:你可不要太照顾我,平常价就行。

她始终没有断了笑,给我细心地包装起来,说这样回去送人更好看。

我说回头可能还会再来。

她说你常来我们这个地方吗?

我说是的。她说黄姚真的不错的,你还可以去姚江上划划船,去东潭岭看看日出。我说我都去了。她很吃惊,又很高兴地说:那你比我还了解黄姚了,我都没有去看过日出。

她又说，你见得多，你说我这个小店还应该怎样更好些。我说，希望你的品种再多一点，然后跟孩子的姨妈在经营上再想想办法，比如上上网。她听了急忙说，她们正在想着这样，刚才还跟孩子小姨商量，让小姨做做直播。

　　我向她们告辞，祝愿她生意越来越红火。我说你赶快关门吧，家离这里远吗？她说不远，也就十几分钟就到了。

　　她让孩子跟我再见。

　　巷子里的店铺差不多都打烊了，除了高高挂着的迷离的红灯笼，已经是昏黑一片。也几乎没有了什么游人。

　　我朝着巷子的深处走去。

　　我从中原来，踏着黄昏的节律，我走得十分辛苦，即便是利用了最现代的交通工具。由此我会想到过去的那些中原人，他们跋山涉水多么不容易。黄姚成了中国一个安逸的后院，由于种种原因离乡背井、颠沛流离的人，一点点找到这里，当作了永久的故乡。

　　光滑的石板路上，印满了各式各样的步履。何香凝女士、高士其先生、千家驹先生、欧阳予倩先生也到过这里，石板路都记下了。包括我的脚步。我轻轻地走过这里，而后想对人说，黄姚，它不是一个一般意义上的村子，它的古风，它的神韵，写满了中国乡间的迁徙史、奋斗史以及建筑史、收藏史。

　　我来得太匆忙，我仍然是一个过客，即使是住上几天，也不能将黄姚一下子看尽。我认真地起早贪黑，一点点踏访这里的每一个角落、每一片天地，我抓取着每一个瞬间以及我瞬间的某种感觉。

你看，一条路通向神秘又通往深幽，无论你从正门进，或从偏门入，最终都会走入黄姚。

这条路，是黄姚的主要叙事方式。它知道如何起承转合，知道哪里该做伏笔，哪里该有一个交代。知道哪里该讲一个故事，哪里该出现一个人物。

古镇之气韵，早糅进了小路的每一道缝隙，每一缕微风。

当我推开黎明的第一扇门，坐在尚无一人的小桥上，听着自己的脚步将黑色的石板叩响，我想黄姚是能够感觉到的。我甚至见到了黄姚的第一缕炊烟，我的目光沾上去，一直随着它飘摇到云间。我看到了早晨的第一辆摩托车，直接越过一块块不平的石板，上去一个高台，进到镇子里来，摩托车架子上，装满了一天的经营。我还闻到了豆豉的香味，那是姓刘的人家，将第一筐出锅，阔大的院子，正等着一个个盛满芳香的筐子摆出好看的造型。

我看到了一个孩子，从一个黑黑的门洞里跑出，端着缸子在刷牙，她这边歪歪头，那边歪歪头，她一边刷一

边看着一个新鲜的早上，于是也就看到了我。她一定奇怪，这么早，怎么会有一个外乡人走进来，并且还看她刷牙，并且还冲着她笑。于是她也露出了笑，那是迅速将满口白沫吐干净以后，她将那早上的友好送给我便迅速地跑回去了。

我由此看到了那个黑黑的门洞，门洞里正传出一位老人的召唤，以及一个脆脆的回应。

半个小时后，镇子里响起了一阵阵杂沓而轻快的足音，那是从一个个门里走出来的孩子，他们背着沉沉的书包，身后跟着声声叮咛，愉快地朝着巷子深处走去。

这是早晨最让人感怀的景象。也就在这个时候，我听到了鸽哨，一群鸽子从哪里飞出，旋舞在黄姚的上空。站在巷子里往上看，那片天空并不大，但是更显得具有美学意义，因为一会儿看到一条云天，一会儿又看到一溜白鸽。

不断的变幻中，小镇一点点地亮了。

太阳继续上升，它的温煦的光辉，终于洒在光洁的石面上。当然，也将西向的一个个门店镀亮。那些门窗都是古铜色的老木料，太阳也许最喜欢这样的门窗。打在上面，像刷上一层桐油。

有人站在那里，脸上也上了一层色光，那是健康的色光。

这是一个泉，看不出泉眼在哪里，但看出泉水清澈无比。没有人的时候，泉水白白地流走了，但是不必担心，这水始终源源不断。我不止一次来过这里，多数时间能看到浣衣的场面。现在，洗衣机几乎家家都有，还是有人会到这里来，会会水，会会人，会会晨阳与夕光。

我总是同她们聊几句话，问她们一些问题，她们总是笑，幽默感在这个时候显现出来。她们会故意逗你，让你绕弯弯，然后就笑。等我明白了，也会放声大笑。看着这个老井，尽管没有井筒子，会感到无数时光中，一代代的乐趣留了下来，而没有随着泉水流走。

黄姚古镇里有两处这样的水井，几乎邀请过全镇的女人。那一条条歪斜的石径上，有一些脚步必是通向这里的。


游客必然看到了独具匠心的明清古戏台以及寺观、庙宇和社坛，他们同我一样，会惊异于随处可见的明清碑刻，惊异于中原文化在岭南偏僻山乡的影响。

今天，无目的地行走，却一直走入了古镇的深处。

那是不经意间，顺了一条窄窄的小径，一点点走去，走到了大山的跟前。

原来这里还有房子，而且也是老房子。不知道是先来黄姚的人占据了这里，还是后来黄姚的在他处再无地方，只好在这里安营扎寨。

也都是不错的老宅院，有些还有些名堂，标着"司马第""郎官第"和"举人宅邸"。

有些门台很高，走上去看到一个敞亮的去处。多少年前，不知道这里都藏着些什么人，他们耕田读书，勤俭持家，将家业一点点做大。

总之，沿着姚江和一座座山峰，那些老屋将黄姚深深浅浅挤得满满，挤得既有条理又有韵律。

就这样，每天寻一处路径，慢慢找去，不定会发现什么秘密。


如何会有这些嵯嵯岈岈的石头？它们没有挡住黄姚的路径，却都安排在了水的周围，像是水的波浪的凝聚。

黄姚人说，以前黄姚是发过水的，姚江一夜间咆哮起来，冲上堤岸。

难道那些咆哮都留下了？一块块，一堵堵，还在那里狰狞。风的裙裾绊在其上，发出撕裂的声音。

我很新奇地觉得，除非是太湖水的推涌，会有这样一批来自太湖的客人。在黄姚以外，没有遇到过这群稀客。它们真就留下了，在黄姚的后花园，做些装饰性的示范。

一些小娃娃想寻一处爬上去，无论哪一处都造成了困难。妈妈过去，干脆抱起娃娃，与性情怪异的主人来个留念。

榕树敬而远之，必也是扎了几次，没有找到下脚的地方。但是它采取了另一种方式，在远处长起来，让气根高高垂下，缠绕在某一块峭崖上，缠绕成一种美学与哲学气象。

一个古镇的整体美感，需要无数个体的聚拢与捧场。

黄姚的水与地面有一个超高的距离，如果在一座小桥上，这种感觉就愈加明显。这让那些榕树发挥了更好的作用，由于树的抬升，出现了异常的空间感。

这是黄姚的三重景深，这种宏阔，提升了黄姚的尊严。


一个女孩，穿一身唐装，站在桥头拍照。她一忽把自己斜成一波清流，一忽旋成一股软风。那神态，陶醉极了。

看不出谁是她的摄影师，周围的人都举起了相机或手机，每个人都觉得有义务留住这美，这不只是一个女孩子的美，是女孩子所站空间的美，也是所依背景的美。

所有的美都是理由，你不能拒绝人家的选择。

桥下水中的影像，一忽完整，一忽缥缈。最后被落下的几片叶子搅乱了。

　　还有拍婚纱照的新人，专找树旁的老宅，哪里斑驳去哪里。斑驳陆离配合着青春异彩，就像黄姚配合着姚黄魏紫。

　　拍的人赞叹，被拍的人在心里赞叹。


　　有些草从一个个石阶缝隙挤出来，它们多是趁着夜色挤出来，夜很沉静，外面的天地很宽广，风很柔和，露水也很柔和。

　　缝隙很小，草们争着往外挤，就挤成了一团。也是，它们不从这里挤出来又从哪里挤出来呢？不能就此被压在石阶下面。

　　既然是风或鸟儿把草籽丢在这里并且生根，就只有往外挤，挤出来才能挺直身体并且享受阳光。

　　只是这实在不是个地方，它们挤在了鞋子的必经之处。

　　无数双鞋子踏过，就有一些被踏烂，再有无数双鞋子踏过，挤出来的几乎全军覆没。

　　但是后边的草还在往外挤，白天的惨烈不足以阻止它们的坚毅。于是，就有了一次次的循环往复。

　　鞋子踩踏得久了，竟然在石阶上踩踏出了草的印迹，或者说，草以另一种形式完成了生命的意义。

那些印迹完全是一个个草的鲜活形体，它们依然挤在一起，前面伸展着叶芽，后面是根根簇簇的整体。

这是怎样的层层伸展又层层踩踏而出现的惊人结果。

就像石阶的装饰画。


两个孩子在滑土滑梯，滑着一上一下的乐趣。

从一处高台修下来的几条水道，被孩子们做了童年的秘密。每天都有人占据这个领地，将水道滑得溜光发亮。

滑下来，还要原路爬上去，不去绕旁边的台阶，要走大人们的担心与惊心处。吵嚷也不管用，孩子的任性，大人理解不了。攀了滑，滑了再攀，让那童趣伴着吵嚷，在土滑梯上搞得天翻地覆。

这个孩子们的乐园，最早是谁发现的呢？也许发现者，就是正在担心地看着孩子的老人。有些时间是可以循环往复的，就像有些童年。

再看看，我也要试一试了。


不知道这是一座清代建筑，还是明代建筑，它高矗于一条小路的上方。小路左边的建筑已经坍塌，裸露着一些条石与一些烂瓦。看样子它们一时不想再站回原位，也就显得右边老屋的不凡。

实际上这也是一条小巷，由于一些房屋的走失，使巷子透出了亮光。

老屋不小，正对着小路，门开着，没人。门两边是一个个老式的窗户，窗户不大，木格栅。一层全部关着，二层有的开着，有的开了半边。

这让阳光有了很好的表现。全开了的，一些光明就投了进去，看不到内部，觉得是将那些光明深吸进去。开了半边的，窗影被打在墙上，成了一个个条形的平行四边形。一个平行四边形尚显不出什么，多个平行四边形就显出了效果。

老屋前面有两个高坛子，坛子边是两个厚实的方石，方石边卧着一条吐舌头的黑狗。这狗让一切都有了生气。


一个大碾子，大得有点儿夸张，方圆之间，竟然占据了那么大一片天地。

巨大的石碾碾压起来，凛凛然如春雷滚动，怕细细的石槽有些承受不了。关键是有多少粮食可以撒遍一圈，这一圈收拾下来，能装下几个布袋。

平常人家，一般享受不了这等阔气。或可以几户相约而来，在其中的一段弯道倒进自家粮食，然后共同努力，并等待一个结果。

两个女子看着稀罕，上手推起来，直推得上气不接下气，石碾也只是意思了意思。再换两个大汉上去，半圈下来，笑塌在瓦堆旁。

　　平时它就那么安静地守在村子的一角，像一架停摆的钟表，等待着谁将它拨响。

　　火车轮子样的大石碾，真的是般配这金墟福地。

　　带龙桥是双桥，双桥先后随一条石板路远去。修建双桥，是因为要避开水中一道怪石的腾跃。

　　由此构成了石路的逶迤，上去又下来，下来了再上去，直到跨过姚江，从村子这边，跨到村子那边去。

　　树在桥边加油助威，倒是把自己助威得气势经天，黄黄绿绿遮蔽了半个山峦。

　　有的时候，它还会借助云气。这样，就将整个山峦都遮严，唯突出了带龙桥。

　　这时再看这连续的双桥，就知道桥的名字是什么意思。


　　竟然看见了石榫，在双龙桥的桥面上，将两块条石铆连在一起，条石磨得锃亮，石榫也是磨得锃亮。随着岁月的流逝，必是有一块条石也想流逝，便有了这个以一块拉住另一块的举动。

　　最有作用的启发，来自于木匠的榫铆。

真是佩服石匠师傅的奇思妙想，他不是像木料那样利用了同类，而是利用了铸铁，将韧性与固性极好的铁榫铆进了两块条石之间的缝隙。那蝴蝶结样的铁榫，两边大，中间细，卡得严丝合缝。让你想了，除非巨大的外力作用，不能动摇两块条石的稳固位置。

我是不经意间发现这个石榫的，接着就看到了另外的几个。让人有了一种成就感，感觉这一个个榫铆，同自己有着什么关系。

怎么没有在其他的地方发现呢？也许是不大在意。

在这个自在的午后，一个人自在又随意地行走，将黄姚的每一个细部都细细看去，直到看到从没有看到的惊奇与惊喜。

在一遍遍抚摸过这蝴蝶结后，我装进记忆带走了。


没有想到这里会有如此多的祠堂，八大姓氏分别建有十个宗祠和家祠，祠堂历经百年，依然端肃于古镇中。

当一个个大门轰然响起，一个宽阔的院落便迎向了你。

祠堂是氏族的港湾，每一个人都可以在这里找到自己的信赖，自己的快乐。

你看，又一个祠堂打开了大门，鞭炮响起来，那么多

中国
古镇

Ancient Towns of China

黄姚

黄姚古镇

中国·黄

黄姚古镇

Huangyao ancient town

黄姚古镇

邮政编码

族人在聚集，桌子一直摆到了街上，这是一个欢庆的日子，老老少少的族人，觥筹交错，互致问候。

在黄姚，祠堂的利用率是很高的，婚丧嫁娶，考学上学，都会在这里找到共鸣。

我站在他们之间，看着他们无忧地笑，甚至开心地唱，我便知晓了黄姚祠堂的意义。


拿到一本二〇一六年发行的中国古镇邮票。一页一页看去，就看出一个熟悉的影像。

画面里的黄姚，一座单孔石桥，一堆自然堆于桥头的乱石，一些矮树及不远的老屋。更多的是水，清白地流出好一处空闲。而后就是具有黄姚特色的山峰，让天空有了轮廓线。

看不到人，看不到狗，看不到牛羊，但是你分明听到了那纷杂的声音，声音中祖母的呼唤格外突出。声音里炊烟慢慢升起来，升起来的还有豆豉的芳香、草药的苦香。

整个黄姚都在生活的氛围里成长。

长大的人一步一步走过了老桥，走出了画面。回看的时候，黄姚渐渐地小。

看到这幅画，远方的黄姚人一下子泪流满面。

故乡，真就随着一枚小小的邮票，飘到了眼前。

　　黄姚有着古镇中少见的宏阔与大气。

　　这是我首次进入黄姚时所产生的感觉。我见识过无数古镇，还是为黄姚的气象所倾倒。

　　数年前去时，下不得笔，只是将那种美好藏在了心里。后来再去，再次被感染，终于随着灵感，写出了《时光里的黄姚》，那是二〇一九年的秋季。该文后来发表于二〇二〇年一月四日的《人民日报》。

　　黄姚人喜欢这篇文章，将它制成了电视片，后来又刻在了古镇里。

　　就像二十多年前的周庄，使我对黄姚也有了一种故乡的感觉。于是前前后后来了四五次，每次都有不一样的收获。黄姚人就激励我，能不能像《绝版的周庄》那样，专门写一本关于黄姚的书。我认

真起来，很多时间消耗于追寻与走访，而后一点点动笔，终以"时光里的黄姚"为书名，完成了这样一本小书。

书中的文章，《时光里的黄姚》《在你温暖的怀抱里》《瞬间》《黄姚的前世今生》《节日里的记忆》《情义》《黄姚的味道》《瓦的地方志》《晒台上的女孩》《我已经变老，你却还是那样》《日出》等发表于《人民日报》《中国作家》《北京文学》《长江文艺》《黄河》等报刊，为的是让更多的人知晓这个美好的所在。黄姚人看到了，随即也转发分享。其中《瓦的地方志》还被评为《北京文学》二〇二一年度的优秀作品。

就此感觉，黄姚是我生活中另一个割舍不掉的地方。我喜欢这个地方，虽然相隔甚远，去一次多有不便。越是如此，越有一股引力，使我体味了它的不同季节。

抗日战争期间，黄姚曾经是中国安逸的后方，不少仁人志士在这里度过了难忘的时光。到黄姚后，我就知道，为什么这里会给人留下永久的记忆。这里的人文历史丰厚，思想情怀也深阔，处处散发着淳朴友善的气息。

黄姚虽说是一个古镇，却也是需要经营的。近几年里，我总是惊喜地发现黄姚的变化，当然不是横拆竖迁，而是将黄姚的氛围打造得更好，还原千年古镇的总体风貌。

以前有一批有识之士，在这里办书馆，印报纸，建学校。现在仍然得益于有识之士，将黄姚打造成 5A 级的文旅景观。让我们感到，黄姚是有福的。黄姚也应该是有福的。因为黄姚是中国的黄姚，世界的黄姚。

现在，随着影响度越来越大，来黄姚的人越来越多了。不少外地人干脆在这里住下不走，不唯是喜欢这里的山水人文，也是喜欢这里的生活氛围。

写完了这本书，我觉得我还是要来的，就如对一个心仪的人，有些话你是道不尽的。

那么，不定什么时候，就会有一个熟悉的影子，印在沉厚的石板道上。

王剑冰

二〇二二年七月

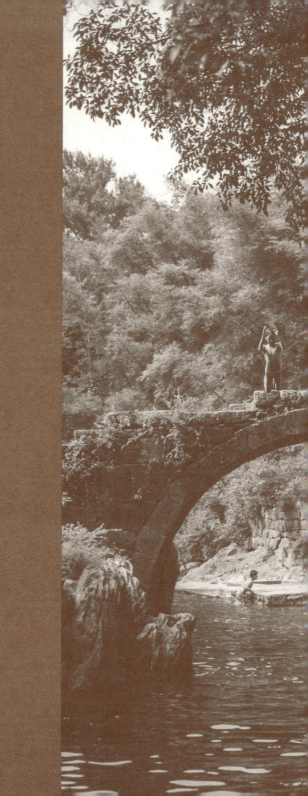

图书在版编目（CIP）数据

时光里的黄姚 / 王剑冰著 . -- 北京：作家出版社，2022.11
ISBN 978-7-5212-2039-1

Ⅰ.①时… Ⅱ.①王… Ⅲ.①散文集 – 中国 – 当代 Ⅳ.① I267

中国版本图书馆 CIP 数据核字（2022）第 191323 号

## 时光里的黄姚

作　　者：王剑冰
策　　划：广西黄姚古镇旅游文化产业区管理委员会
责任编辑：省登宇　周李立
特约统筹：刘贤约
装帧设计：TT Studio
出版发行：作家出版社有限公司
社　　址：北京农展馆南里 10 号　　邮　　编：100125
电话传真：86-10-65067186（发行中心及邮购部）
　　　　　86-10-65004079（总编室）
E-mail:zuojia @ zuojia.net.cn
http://www.zuojiachubanshe.com
印　　刷：北京盛通印刷股份有限公司
成品尺寸：145×210
字　　数：180 千
印　　张：9.5
印　　数：001—13000
版　　次：2022 年 11 月第 1 版
印　　次：2022 年 11 月第 1 次印刷
ISBN 978-7-5212-2039-1
定　　价：45.00 元